妻・繰り返せぬ旅

忘れ得ぬ人々

河相洌

文芸社

妻・繰り返せぬ旅

忘れ得ぬ人々

もくじ

忘れ得ぬ人々

妻・繰り返せぬ旅

忘れ得ぬ人々

一　一章さんと一格先生

私が未だ小学生だった頃のことだ。我家に親しく出入りしていた洋画家の佐藤一章さんが、十号程の自作の油絵を提げて現われた。

「坊ちゃん、応接間に掛けましょうかね」

と、新築間もない応接間の一角に自らの手で作品を飾ってくださった。

絵のことはさっぱり解らない私は、その作品をじっと見詰めたが、どうやら山を描いたものと合点した。黙っていればよいものを、「これ山の絵ですか」と尋ねてしまった。

「坊ちゃん、これは雉ですよ」

一章さんは可笑しそうに笑っている。

「雉？」

私はあらためて絵に注目したが、どうも一向雉に見えない。

「ここが頭、これが翼、そして脚がこれですよ」

一章さんはわざわざ指差して教えてくれた。

「ははあん。そう言えば雉だなあ。ごめんなさい、変なことを言って……」

私は気恥ずかしく頭を下げた。

「いいんですよ。山に見えようが、雉に見えようが、どっちでもいいんです」

一章さんはさも愉快そうに笑っていた。

私の父と同郷、その上中学の後輩でもある佐藤一章さんは、早くから画才を認められ、上野の東京美術学校に学び、その後間もなく文展に入選、やがて無監査の資格を与えられ、画家として一家を成すに至った。

父は「佐藤君」と呼んでいたが、その飾らない人柄の故に、私達兄弟は、「一章さん」と親しみをこめて呼ぶのが慣わしだった。

一章さんは絵を愛すると同時に、酒を大いに愛した。豆腐一丁で飲めると言う痛飲家であった。我家に見えると、母は必ずウイスキーの水割りを供していた。鼻下にチョビ髭を蓄え、それを楽しそうに味わう一章さんは好人物そのものだった。

私が二十歳になる前、重い眼疾を患い失明の危機に瀕した時、一章さんは大変心を痛めてくださった。

「坊ちゃん。東の方の××という所の湧き水は、眼病に特効があるそうですから、私が貰って来ます」

一章さんはそう言うと、数日後、約束通り一升壜を抱えて現れた。

「さあこれを飲んでご覧なさい」

私は、コップに満たされた水を一口味わったが、水道水のカルキ臭さはなく、まろやかな甘みが感ぜられる。

「美味しいですよ」

「そうですか。きっと効果がありますよ」

一章さんは自信あり気だった。

一升壜は一週間程で空になったが、一向に霊験は現れない。暫くしてやって来た一章さんにそのことを話すと、「残念ですなあ。それじゃあ私の仲間の陶芸家で掌療法の達人がいますから、彼の手当てを受けてはどうです」と言い残し帰って行った。

その後間もなく、一章さんが一人物を伴って現れた。

「森一格さんです。私達の仲間です」

そう紹介された森さんは、「早速今日から始めましょう。お医者様が驚かれるような結果が出るとよいですな」と私の眼の上にじっと手を翳した。

それから週に一、二回我家に足を運び、治療に専心してくださった。お互い雑談を交しながらの一時間だったが、それ以来、私は森さんを一格先生と呼ぶようになった。

先生は東京練馬の一隅に焼釜を築き、陶芸一筋の道を歩んで来たと言われる。それだけに治療中の話題も、陶芸のことが屡々《るる》語られた。

「窯に火を入れたら、もう一睡も出来ません。火の具合を確かめながら、酒をちびちびやるんですな。これがまた楽しみです。窯を開ける時は、期待と不安で興奮しますね。満足ゆくような作品は十に三つ位でしょうか。出来の悪いのは壊してしまいますよ」

先生はわざわざ夜来られ、一泊して治療をしてくださることもあった。

夜が白む頃である。誰かが音もなく私の寝室に入って来た。目敏《めざと》い私はすぐ気付いたが、それは一格先生であった。

「一番電車が動き出したら失礼します」

そう言われ黙々と手を翳され、一時間も経ったであろうか、「ではこれで」と去って行かれた。

そうこうしている内、私の右眼が水晶体の混濁を来たし、手術の必要に迫られた。そのため千葉医科大学附属病院入院、一格先生の治療もお休みとなった。

ところがその間に、思わぬ報せが一章さんから齎《もたら》された。それは一格先生が肉腫の手術を受けねばならなくなった、ということだった。

昭和二十四、五年頃、癌は恐ろしい不治の病と考えられていたから、正面から癌とは言わず、肉腫とぼやかした表現をする傾向があった。本人や周りの人への配慮からであろう。一格先生の肉腫は肺癌だったようである。

母は早速見舞いに赴いたが、帰って来ると次のようなことを語った。

先生は酷く痩せ、横になっておられたが、

「私は未だ良い方です。眼が見えます。洌さんはこれからという人なのに、眼が見えなくなったのは本当に気の毒です。何とか見えるようになってもらいたい」

そう言われると大粒の涙を流されたそうである。

私はその一言に胸が締め付けられる思いだった。先生は自分のことより私の身の上を案じてくださっている。感謝の念とともに、先生の全快を祈らずにいられなかった。

それから程なくしてだが、なんと杖をついた一格先生が私の病室に現れたのだった。

「先生。こんな所までお出でになって大丈夫ですか」

私は驚きと不安の思いをこめて先生の手をとった。

「いや大丈夫、大丈夫。貴方に会いたくなってやって来たんです」

そう言われ椅子に腰を下ろした先生の声には、やはり術後の疲れがありありと浮かんでいた。

「西洋医学は残酷ですなあ。私の体を切り刻むんですからな。はっはっは」

先生は笑いながらも自分の未来に不安を抱いておられるようだった。

「悪い所はすっかり取られたのでしょうから、もう安心ですよ。また元気になられてお手当てをしてください」

私の励ましの言葉に、「ええやりましょう。やりましょう」と先生は楽しそうに応じていた。

二ヶ月程の入院生活を終え、退院後暫くしてからのことだったが、一章さんから森一格先生が亡くなったとの訃報が伝えられた。

「やはり、いけなかったか」

私の不安は現実のものとなったが、「貴方に会いたくて来たんですよ」との一言がまざまざと思い起こされた。

「先生はあの時、別れの言葉を告げに見えたのだ」

私は深い感慨に沈まずにはいられなかった。

一章さんも私が学業を終える頃、癌に冒され急逝された。

振り返って見れば一章さんのあらたかな水も、一格先生の掌療法も、私の失明を食い止めることは出来なかった。併しそれは大きな問題ではない。お二人が私に示された厚い情けは遥かに尊く、今も尚黄金の光を放っている。

二　鳥越の小父さん

私の父は、広島県の田舎の中学から旧制第一高等学校に進み、東京大学法学部に学んだ後、外務官僚となったが、一高時代の親友に鳥越雅一さんという人がいた。

私が生まれる以前から我家には繁々《しげしげ》出入りしていたそうだが、私は物心ついた小学生の頃から、鳥越の小父さんのことははっきり記憶に残っている。

夏など洒落たヘルメットをかぶった小父さんは、迎えに出ると、「ようっ」とおどけた調子で右手を上げ、「親父さんはいるかね」と尋ねるのが口癖だった。

「いますよ」

そう応えて取り次ごうとすると、その間も与えず、勝手知った我家とでもいったように、二階の父の居間に上がって行った。

小父さんは東京大学卒業後、朝日新聞社に入社したが、その頃は政友会、民政党を軸とする議会政治、所謂《いわゆる》大正デモクラシーの時代であった。日を重ね、小父さんは政治記者として敏腕を振るい、新聞界の人達から「ライオン使い」との別称が与えられる程だった。それというのは、小父さんの磊落《らいらく》な人柄と、鋭い政治感覚で、政界の大物、原敬、田中儀一、浜崎雄幸、鳩山一郎と言った面々を手玉に取ったからだ。彼らもまた、小父さんには一目も二目も置いていたようである。

一方小父さんは酒にも滅法強かった。私が生まれる以前、中野に借家住まいをしていた時期があったが、母の郷里からううさんという五十恰好の小母さんが手伝いに来てくれていた。小父さんはこのううさんと仲良しで、来る度に、「ううさん。一本つけんかい」と所望していたそうだ。小母さんの方も快く、「へえへえ鳥越の旦那様」と熱燗を供した。それを台所の隅でちびりちびりやりながら、ううさんと雑談を交わしていたそうだ。そうした庶民肌の人だったから、私のような子供にも冗談を飛ばして笑わせたりしていたが、小父さんの本当の姿を知ったのは、やはり中学生になってからだった。

さて昭和十六年（一九四一年）に勃発した太平洋戦争は、初戦日本に有利に展開したが、次第にアメリカの底力の前に受身となり、昭和十九年頃には、制海権、制空権共、完全にアメリカ側に握られてしまった。空母から飛び立った艦載機が日本の沿岸に接近する有様で、大規模な空襲も充分予測されるに至った。

このような事態から、東京のどの家庭でも土地に余裕があれば壕を掘り、鉄板で屋根を張って、爆弾攻撃に備える防空壕を造った。だが東京は爆弾ではなく、焼夷弾という新兵器によって焦土と化したのだが……。

そうしたある日、小父さんと父と私は、庭に面した茶室で雑談をしていた。その時、突如短く鋭いサイレンが三回鳴り響いた。

「警戒警報だな」

父はそう言い残すと、さっさと防空壕に入ってしまった。

「一番早く死んでよい人間が一番早く逃げる。はっはっはっは」

小父さんはさも愉快そうに父をからかった。この一言が父に聞こえたかどうかわからない。

「だが君達は死んではいかんよ。絶対にいかん。わし達の仕事は、この愚かな戦争を早く止めさせることだ。それが済んだらもう用はない。その後は君たちの責任だ。だから絶対死んではならんぞ」

小父さんの語調は鋭く、瞳は爛々と光っていた。

やがて警戒警報解除のサイレンが、長く尾を引いて流れた。

当時小父さんは朝日の編集局長の要職にあった。その人が正面切って戦争の早期終結を唱えれば、必ず軍部強硬派の圧力がかかり、罷免に追い込まれる恐れは充分あったと言える。小父さんは危ない橋を渡っていたのである。

父もまた同じ立場にあった。初代公使として赴任したオーストラリヤから帰国後、直ちに官を辞し、吉田茂氏などと気脈を通じ、早期和平実現に努力していた。

平河町の吉田邸は我家からごく近かった。

ある日、「お前、この手紙を吉田さんの家に届けてくれ。ポストに入れると、検閲の網に引っかかるかもしれん」

そう言って父は一通の封書を私に手渡した。

「解りました」

私は封書を懐にして家を出たが、何か重大な使命を帯びたような気になって、いつしか急ぎ足になっていた。

昭和十九年（一九四四年）の秋ごろだったと思う。父と私がいる部屋に小父さんが元気よく入って来た。

「宇垣がいよいよやるそうだ」

小父さんは弾んだ調子で言った。

「宇垣に出来るか？」

父は懐疑的だった。

宇垣とは陸軍の元老宇垣一成大将のことだが、小父さんは同郷の誼みで極近い関係にあった。言ってみれば、参謀の一人と言ってもよかろう。

「いや、やるそうだ。もう事務所も貰った」

小父さんは意気軒昂たるものがあった。

だが政変は遂に起こらなかった。翌年の東京大空襲と、広島、長崎に投下された原子爆弾が、本土決戦、一億玉砕を声高に叫び続けていた軍部強硬派の息の根を止めたのであった。

さて敗戦の混乱の中で、人々はその日その日の生活に追われていた。そのようなこともあって、小父さんは暫く顔を見せなかった。

大分たってからひょっこり姿を見せた小父さんは、大変なことを口にした。

「夜、帰り道で頭をがあんと一発やられてな。暫く意識がなかったが、殴られ所がよかったんじゃろ。助かったわ。生きているといろんなことがあるもんじゃなあ。はっはっは」

昔変わらぬ飄々とした小父さんであった。

私が重い眼疾で床についていた時、小父さんは早速見舞いに来てくれた。枕許にどっかと座り、「どうにかならんかのう。どうにかならんかのう」と鼻を詰まらせおろおろするばかりだった。

「君達は絶対に死んではいかんぞ」と檄を飛ばした小父さんなら、「頑張れ。希望を持て。挫けるな」と説教が湧いて来そうなものだが、打って変わって、私の身を案ずるばかりだった。その心根が、却って私の胸を熱くさせるのであった。

さて私の眼疾は治るどころか進む一方、そして遂に盲人として生きねばならない局面に突き当たった。その結果、私は一旦入学した大学に復学し、独立の道を歩み始めた。

ちょうどその頃、久しく会わなかった小父さんがひょっこり現れた。私から社会復帰の話を聞き、大いに感動し心から激励してくれた。そして別れ際に、「目の見える者が教えられるような人間になってくれたまえ」と私の手をしっかり握った。

この一言が、小父さんの私に遺した最後の言葉である。

その後私が彦根盲学校在任中、小父さんは脳溢血で仆《たお》れ、程なくこの世を去った。

私もいずれ鬼籍の人となるのだが、あの世で小父さんに出会ったら何と言ってくれるだろう。

「ようやったのう」

そう言って肩を叩いてくれたら嬉しいのだが。

三　盟友　塩屋賢一

塩屋さんについては、既に拙著の中で多くを書き記してきたから、ここでまた取り上げるのは、屋上に屋を重ねることになるかもしれないが、やはり彼に触れないわけにはいかない。それ程塩屋さんとは深い関わりがあったのだ。

先年、昔の盲教育に関する事柄を纏めているお二人の先生が来られ、盲導犬第一号チャンピイや、その周辺のことについてお尋ねがあった。

その中で、「塩屋さんという方はどういうお人柄ですか」との質問を戴いた。

「一言で言えば変わり者ですよ」

私の答えが余りにも素っ気なく思われたのか、お二人の失笑を買ってしまった。

正直なところ私はふざけてこのような発言をしたのではない。世に言う「変人、奇人」の意味を籠めたのでもなかった。

敗戦後職を失った塩屋さんは、好きな犬の訓練を志し、「塩屋愛犬学校」を開いた。

主に家庭犬の訓練だったが、彼の実直な仕事振りは評判を呼び、経営は順調に伸びていった。当然収入も上がり、生活は安定していたが、盲導犬チャンピイの成功を期に、家庭犬から盲導犬へと訓練の主体を移し、遂に盲導犬一本の道を歩み始めたのである。普通の人間なら生活の安定を第一に考え、収入の上がらない盲導犬の育成に全力を注ぐようなことはしないであろう。だが彼は自己の理想を実現すべく、敢て賭けをしたのだ。そのことが、私をして「変わり者」との少々誤解を招く表現にさせたのであった。

一九五五年、秋も半ばの頃であったと思う。塩屋さんは大森の我家を訪ねてくれた。日本シェパード犬協会会長、相馬安雄さんの推薦があったからである。

初対面の彼は、犬の訓練士というより研究者との印象を私に与えた。だが応答は明確だった。

「チャンピイは盲導犬になれそうですか」

私の率直な問いに対し、

「それはやってみなければ分かりません。でもやってみたいのです。やらせてくださ い」

この一言の中に、私はこの人の真面目さを汲み取った。

こうして翌年早々、チャンピイは塩屋愛犬学校に入学、私は大学を卒業し、結婚して、滋賀県立彦根盲学校に赴任することとなった。

その年の夏休み、私と妻は愛犬学校を訪問した。私達を迎えたチャンピイの喜びようは尋常なものではなかった。その愛らしさにこのまま連れて帰りたい程であった。

「チャンピイ。もう暫くの辛抱だぞ」

塩屋さんは笑いながらチャンピイに語りかけ、「彼は非常に賢く訓練も進んでいます」と明るい見通しを立てた。

「ハーネスも近くの靴屋に作ってもらいました。来年はこれを持って歩きましょう」

塩屋さんの言葉には力がこもっていた。

年を越し正月が明けた頃、塩屋さんから一通の手紙が届いた。

「前略　チャンピイはどうやら完成したと思います。しかし河相さんと実際に歩いてもらわなければ自信をもってお答え出来ません。夏休みを使って歩行訓練をやりましょう。後略」

こうして一九五七年八月一日、私はチャンピイとの第一歩を歩みだしたのだった。

塩屋さんは練馬の愛犬学校から車を飛ばし、朝八時には拙宅の玄関に立っていた。文字どおり炎天下の一日一日を、私は彼の指導に従い黙々と歩き続けた。その時塩屋さんは三十四歳、私は二十八歳、若さに満ち共通の目的に向かい一つに結ばれていた。

三週間にわたる歩行訓練の中で、私は塩屋さんの仕事に対する真面目さ、誠実さを改めて知ったのだった。そして私たちの盟友関係は、この時を境に芽生えたのであった。

盲導犬第一号チャンピイの誕生はマスコミによって広く報ぜられ世の注目を浴びた。その結果、塩屋さんの周辺には様々な人が集まったが、その中に愛犬学校の近くにある書店の主人Nという人がいた。彼は動物心理を研究しているとのことで私も紹介されたが、話をしてみると、何処が動物心理学者なのかさっぱり分からない。

「ちょっと臭いな」

私はそう推察したが、案の定、彼は塩屋さんの尻馬に乗って一旗揚げようとする売名家に過ぎないことが分かった。

「私は売名のために盲導犬を育成する心算はありません」

彼はN氏とはっきり手を切った。塩屋さんにはそうした潔癖性が備わっていたのである。

さて犬を訓練することは、塩屋さんにとって難事ではなかったであろうが、人間関係となると犬の比ではなかった。

昭和四十三年（一九六八年）日本盲導犬協会がライオンズ倶楽部東京銀座支部の有志によって設立され、当然塩屋さんも招かれたが、彼は役員から外され、運営については蚊帳の外に置かれた。

「塩屋は訓練士だ。犬さえ作ってくれればよい」

訓練士を一段低く見た発起人達の傲慢さがあったのだ。

加えて盲人に対する見解が異なっていた。一方は、「上から恩恵を与える弱者」と考え、彼は、「同一線上に立って後押しをする存在」と思っていた。

ここに至り、塩屋さんは決然と協会と袂を分かち、東京盲導犬協会を設立した。しかしここにも落とし穴が待っていたのである。

二代目のローザの訓練をお願いしていた頃、塩屋さんはOという見習い指導員の青年を伴って我家にやって来た。会食をしながら、「O君は私の後継者です」と彼は満足そうに紹介した。

「大いに期待しています」

初対面の私はそう応えるほかはなかった。

だが塩屋さんの眼鏡は狂っていた。O青年を始め、三名の見習が経営参加を要求したのだった。

「待遇問題で話し合う余地はあるが、経営は私の責任だ」

彼はこの要求を拒否した。その結果彼らは造反し協会を去ってしまった。しかも東京都の委託犬の歩行訓練が始まる前日である。

孤立無援の塩屋さんは、何とか急場を凌いだが、その後彼を慕って希望に燃えた若者達がぽつぽつ現われ、協会は新しい姿で再出発する運びとなったのである。

「敵が千人いれば味方も千人います。何とかなりますよ」

これが彼の口癖であったが、この楽天主義が、風雪に耐える原動力となったのかもしれない。

塩屋さんの盲人に対する考えは、決して甘くなかった。かつて次のように語ったことがある。

「何時ぞや一人の受講生が『話がある』と言って来ましてね。何だと思ったら、『盲人は社会的弱者だから、もっと優しく扱ってほしい』と苦情を言うんです。私は『社会的弱者』という言葉は大嫌いです」

「それでその『社会的弱者さん』はどうしました？」

私は笑いながら問い返した。

「もちろん中途で挫折しましたよ。自立心の乏しい盲人の後押しをする気はありません」

彼は吐き捨てるように言って除《の》けた。

やがて東京盲導犬協会は、名称をアイメイト協会と変更したが、その頃、塩屋

右より　塩屋さん、チャンピイ、私、妻 玲子

さんはよく将来の夢を語っていた。

「私はね、九十まで生きて五千頭の盲導犬を育てるんです」

「それはそれでよいが、今の貴方にとって、しっかりした後継者を育てる方が大事じゃあありませんか」

私は常にそう忠告してきた。

八十歳にして塩屋さんは理事長職を子息に譲り、自らは会長の椅子に座ったが、これは取りも直さず、塩屋時代の終焉に等しかった。

二〇〇七年、チャンピイ誕生五十年の祝賀会に、塩屋さんは車椅子に座り参加した。五十年盲導犬一筋に戦って来た不屈の人も、やはり齢には勝てなかったのだ。

「今貴方がしたいことは何ですか」と尋ねたところ、「もう一度この足で大地を歩くことです」と即座に答えが返って来た。その心中は察するに余りあるものがあった。

塩屋さんは八十七年の生涯を閉じたが、今はあの世で車椅子からすっくと立って、チャンピイと戯れていることであろう。

四　先覚者、山本清一郎先生

私の第二の人生は、県立彦根盲学校への奉職から始まる。全盲者として大学を卒業したけれど、果たして職を得られるかどうか、不安があったが、当時の彦根校校長西原先生は、全盲普通大学で学んだ者を採りたいとの意向を漏らされ、図らずも私に白羽の矢が立ったのだった。その年の四月、私は相愛の人との結婚を果たし、手を携え西下したのである。

正直な所、私は彦根盲学校について何も知らなかった。当初から県立校だと思い込んでいたのだ。

赴任して間もなく、隣席の三田村先生から、同校が明治四十四年、一全盲青年によって創立されたことを知らされ、大いに驚き、かつ自分の不勉強さを羞じたのであった。

「その方は未だご健在ですか？　そうなら是非お会いしたいものです」

「ええお元気ですよ。山本清一郎先生と言われましてね。校門を出て最初の辻を右へ曲がった所に住んでおられます。奥様も立派な方です。一度訪ねられたらよかろう」

その言葉通り、私達が先生ご夫妻をお訪ねしたのは、五月の爽やかな一日であったと思う。お二人は快く不意の来訪者を迎えてくださり、奥の居間で数々の思い出話を語られた。その後何回か山本邸を訪問したが、ある時は話が長くなり、昼食まで戴く有様であった。

先生は声も小さく、痩せぎすで、一介の盲老人と見られたかもしれないが、お話の内容は、先生が意志の強い人、不抜の精神の持ち主であることを裏書していた。奥様と言えば、常に先生をたて、話の合間に自らの体験を物静かに語っておられた。

お二人は全く謙遜な方々であった。果たされた偉業を誇ることなく、「総て神様と人様のお蔭です」と深く頭を垂れておられた。お二人は真の教養人であったと思う。

私達が彦根を去る時、「仲ようおやりなされ」との意を籠めてか、夫婦茶碗を下さり、別れを惜しまれた。彦根滞在中、私達は多くの良き方々と知り合い、今も交流を続けているが、山本先生ご夫妻は、人生の道標として何時までも記憶に留まる方である。

さて山本清一郎先生は、明治十二年、滋賀県甲賀郡（現甲賀市）寺庄村にて五人兄弟の末子として誕生した。父清兵衛はこの一人息子を寵愛し、行く行くは自分のように地方政治家になることを願っていた。だが先生は幼少の頃から視力が弱く、学業にも差し支える程であった。あれこれ治療を試みたが効果なく、逆に網膜剥離を併発し、十六歳にして完全盲となってしまった。父の願いは夢となったのである。

一方清一郎少年の悩みは深刻であった。

「自分は穀つぶし。役たたずの人間だ。生きている価値がないのではないか」彼は悶々の内に日を送っていた。

ある夜、杖一本を頼りに、清一郎少年はそっと家を抜け出した。目指すは近くを流れるそま川の岸辺である。

「こんな生活をしているより、そま川にはまって流された方がまだましだ」

恐ろしい考えが彼を支配していた。しかしこの危険から彼を救ったのは、後を追いかけて来た母なみであった。

「清一郎！　帰っておくれ。とにかく帰っておくれ。お前がいのうなったらお母さんはどうなるんや」

この一言が少年を覚醒させた。

「おっかさん！　済まんことや」

身勝手な不孝者と、彼は我に返ったのであった。

その後先生は国立京都盲唖院に学び、卒業と同時に同院の助手に採用されている。先生二十歳のことである。

だが先生はその地位に甘んじなかった。在学中、級友はと言えば、皆京阪の富裕な家の子ばかりだ。恐らく郷里滋賀県には、教育を受けられない盲児、盲人がたくさんいるに違いない。この人達に光を与えるため、故郷に盲学校を建てよう。そう決意すると、父清兵衛に意中を打ち明けた。

「お前がその気ならやってみるがよい。わしが趣意書を書いてあげよう。それに知事を始め、京阪の有力者の署名を貰うのだ。その運動費としてこの二十円を使いなさい」

先生は父の激励に鼓舞され、感謝の思いを抱きつつ、勇躍、我家を出発したのであった。

先生が訓盲院設立の地を彦根と定めたのには、二つの理由があった。その第一は、江戸時代、彦根藩は盲人を検校として扱い、いわゆる流し按摩がいなかったことである。第二に彦根は滋賀県のほぼ中央に位置する地理的条件である。「死すとも帰らず」の思いで先生が彦根に乗り込んだのは明治三十二年。正に自立の年であった。

先生は町長を始め、町の有力者に訓盲院設立への協力を仰ぐが、これが実ったのには、多くの署名が得られた趣意書と、鳥居京都盲唖院長の推薦状が大きな力となっている。

こうして明治四十四年、外馬場町に僅か三部屋の小屋を借り受け、「私立彦根訓盲院」の表札が掲げられたのであった。

一つの峰を越えられたが、これからが真の戦いであった。その第一は生徒勧誘である。当時の社会風潮は、盲を抱える家庭には冷たかった。盲になったのは、親や先祖の罪業の結果と考えられたからだ。就学どころか、彼等を隠すのに汲々としていた。先生は足を棒にして、盲児のいる家庭を再三訪れ、彼等を啓蒙したのであった。その結果四名の第一回生が入学している。

第二は財政問題であった。当時訓盲院は、一月四十円を必要とした。その総ては寄付によるものである。先生は町内、近在の家々を訪ね、寄付を懇願した。快く応ずる人もあったが、中には先生を乞食呼ばわりする不埒者もいたと言われる。

このように先生は文字通り忍耐し、努力する人であった。

訓盲院が開院してから二年目のことだが、先生に縁談が持ち上がった。もともと先生は結婚に消極的だった。傍らに協力者が得られるのは嬉しいことだが、同時にこの苦労を背負わせるのは忍びなかったからだ。しかし母なみのたっての願いは先生を動かし、梅雨の最中の六月挙式の運びとなった。

新妻山本たいは、やはり農家の生まれだが、幼少の頃母を失い、祖母の手で育てられた。だが性格は明るく、働くことを厭わぬ逞しい女性であった。

その日以来、彼女は夫を支え、訓盲院の会計事務一切を裁き、また盲生徒の母代わりとして目まぐるしく立ち働いた。時には夫に代わって、募金に汗を流すこともあった。最早訓盲院には無くてはならない存在だったのである。たい夫人あっての先生、また訓盲院と称しても過言ではない。

創立当初から、先生は訓盲院が県立校となることを強く願っていた。

大正二年、県は訓盲院を按摩、針術学校と指定したが、その後は動きがなかった。

しかし大正十二年、国が盲学校令を発布し、盲学校の内容や地位を定めたのを機に、県もようやく腰を浮かした。その結果県立移管が実現し、県立彦根盲学校が誕生したのであった。その間約二十年、先生と夫人は風雪の中を独力で訓盲院を支えられたのである。県立移管後昭和二十三年まで、先生は学校長として盲教育や、盲人福祉に尽力しておられる。

遡って大正十三年、博宮内親王の御婚儀祝賀の行事として、宮内省が社会事業に尽くした人々を表彰したが、図らずも山本先生御夫妻もその中に加えられていた。当時の社会環境から推して、夫妻揃っての表彰は珍しいことであろう。因みに宮内省は表彰状のほか金杯一組と金二百円を贈っている。

報恩の思いで、先生はその金杯を郷里に持参し、親子共々祝杯を酌み交わしたそうである。父の勇気と母の愛が、今日の先生をあらしめたのだ。

己を顧みず他を生かすのは至難の業だが、先生はそれを実践された偉大な先覚者だった。先生はその生涯を通し、尊い生き方を我々に示されたのだ。

私は彦根在任中、良き友人知人に恵まれたが、中でも山本先生御夫妻との出会いは、尊き天の賜物だと思う。

妻・繰り返せぬ旅

序章

二〇一五年十月二十日は、私にとって永遠に忘れられない日となった。何故ならこの日、妻玲子がこの世を去ったからである。

前日から全く食事を摂らなくなった彼女の容態は、二十日の朝になって急変した。呼吸が異常にか細いのだ。

「これはおかしい。只事ではない」

私は医師の往診を依頼した。

程なく現れた医師は、次のように宣告した。

「非常に悪い状態です。打つ手はありません。とてもお昼まではもたないでしょう」

「来るものが来た。見守るほかはない」

私と看護師のYさんは、微かな呼吸に耳を澄ませていた。どの位たったであろうか。

「あっ、今呼吸が止まりました」

Yさんが冷静な口調で告げた。厳粛な瞬間だった。

その間、何の苦しみもなく、真に静かに、安らかに、妻は息を引き取った。

「死ぬ時は苦しまずに、あっという間に逝きたいわね」

これが彼女の口癖であったが、その願い通り、穏やかな旅立ちであった。

落ち葉降る今際の妻の安らかさ

一

私と妻が巡り合ったのは、私が二十二、妻が二十一歳の時だった。元々親類同士であった私達は、三、四歳の頃、外地旅順（現中国東北省）の地で交流があったのだが、そのことは全く覚えていない。その後妻は大連に移り、私は日本に帰り音信は途絶えたままであった。それが「敗戦」という一大悲劇によって環境は一変した。在満州の日本人は、総て日本に帰還することを余儀なくされたのである。妻も昭和二十四年、最後の引揚船で帰国したが、学業を続けるため、上京して聖心女子学院英語専攻科に入学した。

当時既に全盲者であった私は、自分の将来について、何らかの決断を迫られていたのである。

妻が我家を訪ねて来たのは、忘れもせぬ五月のよく晴れた一日であった。その日一人で留守番をしていた私は、思いがけぬ来訪者を快く迎え入れたが、初対面の彼女はどこまでも物静かで、口数も少なかった。しかし彼女が語る戦後大連の事情については、深く印象づけられるものがあった。

これを切っ掛けに、彼女は時折訪ねてくれたが、昼食を共にしたり、レコードを楽しんだり、雑談に花を咲かせるなど、交わりは次第に深くなっていった。

後に妻は語っている。「最初、坊主頭に黒眼鏡、中国服の姿はちょっと異様でしたけど、お話している内に異様でなくなりましてよ。それどころか何か惹かれるものがあったんです。そうでなければ何度もお訪ねしませんわ」

こうした時の流れの中で、私の彼女への愛は芽生え次第に大きくなった。いずれは求愛の告白をしようと思ったが、当時の私は大学復帰の足がかりを得たに過ぎない。将来への展望が開けぬ状態で、「大それたことを言うべきではない。その時が来るのを待とう」そう思いながら日を重ねていた。

学生時代から妻は、結婚し家庭の人となることは考えていなかったようだ。カトリック信者である彼女は、修道会に入り修道生活に終始することを人生の目的としていた。私は無論この事実を知らなかった。

ある日のこと、彼女の父の来訪を受けた私は、「玲子の修道会入りを思い直させてほしい」と懇請された。これは私にとっても只事でなかった。私は年来の思いを告白することによって、彼女の翻意を求めたのであった。

二者択一を求められた彼女の戸惑いがいかばかりであったか想像に難くない。もし仮に、彼女が私に対し、一片の愛も抱いていなかったなら、答えは簡単であったろう。しかし事実はそうではなかったのだ。

悩みに悩み、迷いに迷った彼女は、祈りの中で良心に照らし、私との結婚を選択したのだった。

二

一九五六年四月六日、私達は晴れの式を済ませ、翌日任地滋賀県彦根へと下って行った。

私にとって彦根は初めての土地だが、妻には縁の深い所であった。彼女の父、生誕の地だったからである。岳父は故あって、幼くしてこの地を去っているが、異母弟西川竜太郎叔父が、先祖伝来の家具商を営んでいた。私達は西川家の家作の一軒を借り新婚家庭を営んだのであった。

その家は、彦根市内を流れる清流芹川の堤に沿って建てられていたが、北に窓がある六畳一間の小屋に過ぎなかった。土手下を使って厨房が設けられているが、元々桜の名所芹川堤観桜の際、休憩所として建てられたそうだから、家としての構えはおして知るべしである。しかし私達にとっては新鮮な我家であった。

学校への通勤にはバス利用が便利だったが、私達は敢て腕を組み、三十分程の道程を歩いたものだ。蜜月の時代である。それが却って楽しかったのである。学校の玄関に着けばもう用はないのだが、妻はなかなか去ろうとしない。手を握ったまま、じっと佇んでいるのだ。瞬時も別れたくない。傍目から見たら微笑ましかったかもしれない。

この狭い一軒家で、妻は嬉々として働いていた。学校の帰りには買い物を済ませ、私の帰宅が近くなれば、土手下の厨房に降りて井戸ポンプを漕ぎ、当時では新式の灯油を使った調理器で、夕食の支度に取り掛かるのであった。

辺りが静寂に包まれる夜ともなると、芹川の瀬音は一段と高まる。それを耳にしながら、私達の団欒が始まるのであった。

学校に通い始めた頃のことだが、妻が挨拶

をしても、横を向いて返礼しない女の先生がいる、と彼女はひどく気にしていた。

「嫉妬の一種だろう。時が経てばなくなるよ」

私はそう言って宥《なだ》めたが、ひょっとすると学内にも、これに似た空気があるのではないかと注意を怠らなかった。だがそれは杞憂に過ぎず、隣席の三田村先生とはすぐに親しくなり、六十年経った今日でも親交が続いている。

妻が英語を専攻したことは忽ち知られ、二人の女子中学生が補習授業を頼んで来た。昼間は時間も空いていると、教科書以外のことも教えてあげたが、二人の内Mさんは特に積極的で、英文タイプライターも修得するほどだった。後のことだが、彼女はＡＦＳという高校生の留学制度に合格し、一年間アメリカで学んだ。妻の手を取っての指導が、多少は役に立ったのかもしれない。

三

彦根は寒冷地と聞いていたが、最初の冬は予想を超えるものがあった。十一月ともなると粉雪がちらつき、やがて堤は白一色となる。家の軒に積もった雪が落下して、入り口を塞ぐこともあった。

年も明け、春を迎えようとしている頃だったろうか、妻が静かな口調で語りかけた。

「どうやら赤ちゃんが出来たらしいの」

当然と言えば当然なのだが、一瞬緊張を覚えずにはいられなかった。

そうした中で、私には一つの不安があった。それは妻の体調だった。結婚の前年、彼女は結核性の腹膜炎で、一年近く病床にあったからだ。

「赤ちゃんが出来るのは目出度いとしても、体の方はどうだろう」

私は率直に心配を打ち明けた。

「私もそのことは考えたわ。でも私、生んで育てます。神様が与えてくださった二人の子供ですから」

彼女は臆する気配は一つも見せなかった。

子供が出来るとなると、この六畳一間ではいかにも狭い。それに愛犬チャンピイが盲導犬となって帰って来る。そうなれば尚更のことだ。

その年、私達は懐かしい芹川堤の一軒家を後にし、町内の中心にある伊藤家の離れ長屋に移転した。

伊藤家は西川家の親類に当たるが、当主は太平洋戦争で戦死、母一人子一人の静かな家庭であった。拝借した長屋は三部屋で、土手際の小屋とは比較にならなかったが、土間に降り、井戸ポンプを漕ぐ生活に変わりはなかった。

盲導犬として生まれ変わったチャンピイがこの家に戻って来たのは、八月の下旬であった。

巨大なシェパード犬のチャンピイは、当然ながら人々の注目の的となった。未だ盲導犬がいなかった時代のことである。「恐ろしいお犬さん」と思われたのも無理はない。しかし時とともに盲導犬としての能力が理解され、「賢いお犬さん」に評価が変わっていった。

元々犬を飼ったことのない妻が犬に関心が深かったとは思われない。初めてチャンピイに会った時、怖さが先立ったのではないだろうか。だが家族の一員として彼を迎えてからは、その賢さ、忠実さ、愛らしさが、妻を犬好きにさせてしまった。

朝の出勤時、妻は双眼鏡を持って、後から即いて来ることがあった。私とチャ

ンピイは長い彦根城の外堀に沿って直進するのだが、彼女はその姿を背後から双眼鏡でつぶさに観察した。

「小母ちゃん何しとんのや」

通りがかりの子供達にからかわれたが、彼女は意に介さない。帰宅した私に、「今日のチャンピイは満点よ。左側にしっかり沿って、余所見《よそみ》一つしなかったわ」と報告した。私達は一つになって、チャンピイの能力向上に努めたのである。

四

出産の日が次第に近づいていた。初産の妻にとって、一抹の不安があったに違いない。

「今日川脇先生の奥さまにお会いしたら、『心配なさることはありませんよ。大丈夫ですから』と励ましてくださったわ」

この一言にも、彼女の心の揺らぎが見られた。

川脇先生とは近隣の開業医で、大先生はひげを蓄え、往診には羽織、袴という古風な人物だった。

ちょうど皇太子御成婚の時だったが、テレビでパレードをご覧になっていた先生が「皇太子妃は美人だと言うが、河相さんの奥さんの方が余程美しい」

異色の先生が言われただけに、この一言は後の語り草ともなった。

出産は彦根市立病院でと決まっていたが、この病院は老朽化が甚だしい。病室の窓は隙間だらけ。これでは雪が舞い込んで来るのではないかと思われる有様だった。

出産予定日二月十九日の夜中、妻は女児を出産した。

その日の早朝、私はチャンピイと共に病院を訪れたが、ベッドに横たわった妻は、疲労感と安堵感が入り混じった複雑な様子だった。

「ご苦労様」との呼びかけに対し、「お産の後は一睡も出来なかったわ。お産の時は、川脇の若先生がずっと附いてくださっていたのよ」と、私の不在を咎めるような口調だった。

生まれる子の名前は、女の子なら「みどり」と既に決めてあった。誕生の二月十九日は旧暦の正月にあたり、若草が萌え出る頃。緑は平和な色で、誰からも愛される。

そのような人間になってほしいとの願いが籠められていた。

暫くして妻はみどりを抱き誇らかに帰宅した。

用意されたベビーベッドにみどりは寝かされたが、泣き過ぎるほどよく泣いた。そうした時チャンピイはベッドの横に座り、「どうしてそう泣くの」といった面持ちでみどりを見詰めていた。

「チャンピイ、お前は優しい子ね」

妻は感激して、みどりをあやす前に、チャンピイの頭を何度も撫でてやっていた。

産湯をつかわすのは、私達の共同作業だった。手ごたえのない体を私が支え、妻が手早く洗い流す。これが日課のようになっていた。

彦根の夏はことのほか暑い。扇風機もない時代である。みどりが寝付かないと、妻は団扇片手に外へ連れ出す。

「やっと寝たわ」

そう言ってベッドに寝かすが、また起きて泣き出す。妻は団扇片手の動作を繰り返すのであった。

みどりは母乳で育ったが、ここに大きな問題が起こった。それは妻の母乳が足りなくなったことだった。乳児用のミルクを与えると、味が気に入らぬと全然受け付けない。思案に窮したところに朗報が舞い込んだ。それは同じ頃お産をしたカトリック教会のK修道士夫人が、母乳があり過ぎて困るということだった。これ幸いと、妻は毎日K夫人を訪ね、母乳を頂戴した。一件落着、みどりは二人の母親の母乳で、順調に育ったのであった。

五

何時の間にか彦根生活四年目を迎えたが、私達の毎日は充実し切っていた。チャンピイは前年ヒラリヤに冒され、一時は危険な状態にあったがこれを乗り越え、元気に活動するようになった。私の教壇生活も板につき、生徒達からは慕われ、教員間の信頼も深めていた。妻はみどりの養育に余念がなかったが、肝心のみどりはどちらかと言えば虚弱で、「この子は育つやろか」とあからさまに言われたが、それでも一歳の誕生日を迎え、愛らしく成長していた。

その年も押し詰って、人事問題が話題になる頃、浜松盲学校の英語科に空きが出るから転任しては、との話が伝えられた。

正直なところ、この問題の選択には大いに悩まされた。彦根に住み慣れてから、私はこの町を愛するようになっていた。城を中心として広がる軒の低い町並みは、古風な落ち着きを与えてくれた。人口五万のこの町には、大都市に見られる騒音もなく、精神を安定させた。良き友人、知人にも恵まれ、離れる理由はなかったのだ。ただ一点、気候条件は悪かった。寒冷地手当が支給されるほど冬は極度に寒かった。北陸方面から吹き寄せる風は、琵琶湖の上を通って一層冷たさを増し、十一月に雪さえ降らせた。夏は夏で、盆地特有の蒸し暑さに攻められる。この地には、昔からマラリヤに似た風土病があった。蚊が媒介するのだが、高音多湿の気候が根底にあったのだ。幼い頃から結核に冒され、どちらかと言えば虚弱な妻と、みどりの健康を考えると、もう少し温暖な地で暮らしたいというのも自然なことだった。

更に私を特別に採用してくれた西原学校長への義理も、四年勤めれば、一応果たしたことになるだろう。あれやこれや考えた末、私の気持ちは浜松転勤に傾き妻に相談した。

「そうね。気候さえよければこの町に住んでもよいと思うけれど、滅多にない機会だから動きましょうか」

この一言に私の心も定まり、転勤を決意したのであった。

六

転勤は決まったものの、浜松は全く未知の土地である。何よりも住まいが問題だった。だが幸い妻の父の友人が、浜松近郊におられることが解り、連絡をとってもらったところ、ここなら空家があるから来ないか、との返事があった。

細江町気賀という所だが、これがご縁と、私達はそこに落ち着くことにした。離任式を済ませ、心を残しながら彦根を去ったのは三月下旬、春も浅い頃であった。

振り返ってみれば、四年間に亘る彦根生活は、私たちにとって生涯忘れ難い一時期となった。就職、結婚と、第二の人生はこの地から始まったからだ。それから数十年経った今でも、彦根を思う時、懐旧の情に捕らわれてならない。

浜松には妻が英語を教えたMさんが、みどりのお守り役で同行してくれた。妻が出産の時は、手編みの靴下を持って一番に見舞ってくれ妻を喜ばせたが、今回も進んでの好意だった。彼女は既に高校三年生、今年は一年のアメリカ留学が決まっていた。

初めて降り立った浜松は、楽器の町、繊維の町として知られているだけに、活気を感じさせた。駅前から乗ったバスは、暫く行くと舗装道路がなくなり、自然の道を進み出した。坂を登りまた下る。その度毎に車はかなり揺れる。相当な悪路である。

「かなり遠いわね」

妻は不安を隠さなかった。

「もうそろそろだろう」

私はそう答えたものの、大変な所に来たものだと思わずにいられなかった。

小一時間走って辿り着いた気賀は、真に静かな田舎町であった。車がやっと擦れ違える程度の道を挟んで、家が立ち並んでいる。その中の一軒を、借り受けることになっていた。大家は近くのお菓子屋さんである。間口は狭く、奥行きが長いのは、彦根の借家とよく似ているが、土間はなく、水道も完備されていた。

私たちとやや遅れて引越し荷物を積んだトラックが到着したが、箱詰めにされたチャンピイも乗っている。早速囲いのある裏庭に放してやったが、疲れた様子もなく、盛んにその辺りを嗅ぎ回り、私達を安心させた。

運び込まれた荷物を片づける間もない内に、貸家の斡旋者、森糸平先生が姿を現した。先生はこの町で歯科医を開業しておられる。

一九四五年八月、太平洋戦争敗戦時、ソビエト軍に追われた北満州の人達が、難民として大連に逃れて来たが、当時大連にあった森先生は、医師会の一員として難民救済に力を尽くされた。これが切っ掛けで、同じ立場にあった妻の父と親しくなったと聞いている。

「なかなかたくさんの荷物ですな。まあゆっくりおやりください」

先生は早々に引き揚げて行かれた。

Mさんはと言えば、疲れたのであろう。みどりと一緒に荷物に寄りかかり寝込んでいる。

「そろそろ片づけましょうか」

妻はそう言うと、身近な物から手を付け始めていた。

七

一夜明け、Mさんは別れを惜しんで去って行った。彼女はその後アメリカに渡り、帰国後ＩＣＵで学び、現在はロンドンに居るが、今も親しく交わっている。妻にとっては最初にして最上の教え子であろう。

お昼が近くなった頃だ。突然耳を劈《つんざ》くようなサイレンが鳴り響いた。正午を告げる時報であろう。道を隔てた斜め前の役場から発せられているのだから堪らない。

「お家に帰る」

脅えたみどりは半泣きになった。

「ここがお家なのよ。大丈夫だから……」

妻は優しく宥《なだ》めたが、彼女の恐怖はなかなか治まらなかった。

「これではまるで空襲警報だ。止めてもらわなければいかんよ」

私は半ば呆れ顔だった。

「ええ。その内に何とかしましょう」

彼女はそう言うと、食事の支度に立って行った。

その後暫くしてからだが、妻は町政モニターの委嘱を受け、会議の場で、サイレンの撤去と、隣組長が税金を集める悪習慣を止めるように求めた。この要請は入れられ、間もなくサイレンはウェストミンスターに代わり、税金問題も改められた。あまり出張ったことを好まない妻だが、この二点は彼女の功績だった。

新しい職場、県立浜松盲学校は、比較的町の中央に近かったので、この町から通勤するには、バスで四十五分程かかった。それはよいとしても、当時は盲導犬をバスに乗せてもらえない。彦根のように、チャンピイの能力を発揮する場がないのだ。徒歩通勤が出来る住いはないかと探してもらったが、帯に短しで思うに任せない。

「杖一本で通ってみよう」

「大丈夫かしら」

妻はそう案じたが、「学校も家もバス停が近いから」と私は楽観していた。

学校から帰ると、チャンピイと歩くのが日課であった。田舎町だけに、田圃や畑が残っている。その間を抜け、都田川に沿った堤防を闊歩し、町の中央を通って帰って来る。小一時間の散歩にチャンピイは満足し、私は一日の緊張から解放されるのだった。彦根時代と同様、盲導犬はまだまだ知られていない。珍しいチャンピイの存在は、何時しか町の名物となっていった。

時が経つとともに、妻もこの町を好ましく思うようになった。環境が静かな上、近くに商店が散在し生活し易い。強いて浜松に移ることもなかろうとのことだった。こうして私達は、この町と最も深い関係を持つようになったのである。

八

一年が経ち、二年が過ぎた。私はバス通勤にすっかり慣れ、妻は家庭にあってみどりの遊び相手や、家事に余念がなかった。

みどりは一層愛らしく成長したが、妻の話では、窓越しに外の様子を熱心に眺めていることが多い。時に玄関脇に立って、指を咥《くわ》えながら、人や車の往来を熱心に見守っていると言う。

「出来るだけ早く集団生活を体験した方がいいな」

私は彼女の欲求を察知した。

「幼稚園は一年でいいんじゃあない。それまでは私が色々教えて上げるから……」

妻は何故か消極的だった。

妻は近くで買い物をする時、チャンピイにみどりを託することがあった。

「チャンピイ、みどりをお願いね。すぐ帰って来るわ」

彼は妻の意を充分理解するのだった。帰ってみると、チャンピイはみどりの横に腹ばいになっている。この小さな宝物を護らねば、との気持ちがよく分かる。

「チャンピイ。ご苦労様ね」

彼は妻に褒めてもらうのが何よりも嬉しいのだ。

だが名犬チャンピイにも癖があった。私達が教会の礼拝から帰って来た折のことだ。裏庭にチャンピイのご機嫌伺いをしに行った妻が、驚きの声をあげた。

「チャンピイが居ませんよ！」

「なに居ない？　そんな馬鹿な……」

私は裏庭に急ぎ、大声で彼の名を呼んだが、現れるどころか、影も形もない。

「逃げたな。でも帰って来るだろう。心配なのは人に連れて行かれないかということだ」

「そうね。でも何処から逃げたんでしょう」

私達はそんなことを言い合いながら、何となく落ち着かず、ぼんやり時を過ごしていた。

どの位経った折であろうか。

「チャンピイが居ましたよ」

元気のよい森糸平先生の声が、私達を飛び上がらせた。

「バス道路を草臥れたような顔をして歩いていましてね。私がチャンピイと呼んだら、走って来て飛びつきましたよ」

私達は三拝九拝。ほっと胸を撫で下ろした。

午後になって、森先生が針金の束をもって現れ、金網の高さを一段と高くしてくださった。

「もうこれで大丈夫」とご機嫌で帰って行かれたが、私は彦根で鶏舎から鶏が飛び出し、チャンピイがそいつを追い掛け回し困らせたことを思い出した。その時も親友の三田村先生が、針金を三重に張り巡らし、鶏の逃亡を防いでくれた。どの土地でも、私達は人々の親切に助けられたのであった。

九

その頃のことだが、私達と同じ教会員の一青年と親しくなった。村上正祐というその人は、上智大学で史学を学び、浜松の女子校、海の星学園で教鞭をとっている。歴史に明るい上音楽好き、気心も知り合い、我家を気楽に訪ねて来るようになった。

彼は子供好きで、みどりを大変可愛がり、トランプ遊びのお相手をよくしてくれた。その際相手が解らぬように上手に敗け、みどりを喜ばす心遣いもする人だった。それだけにみどりは村上さんが大好きで、何時しか彼のことを「竜王様」と呼ぶようになっていた。およそ彼の雰囲気とは合わない呼び名だが、「いいですよ。竜王様で結構」と愉快そうに笑っていた。

竜王様が現れると、みどりは必ず玄関に行って彼の履物を点検する。

「今日は下駄だった」と妻に報告する。それが笑いを誘い、竜王様は一層みどりを愛らしく思われたようだった。

その内、村上さんは再度大学院で学びたいとのことで学園を辞し、上京してしまった。だが休暇で帰郷した際は、必ず訪ねてくれ、親交を深め合ったのであった。

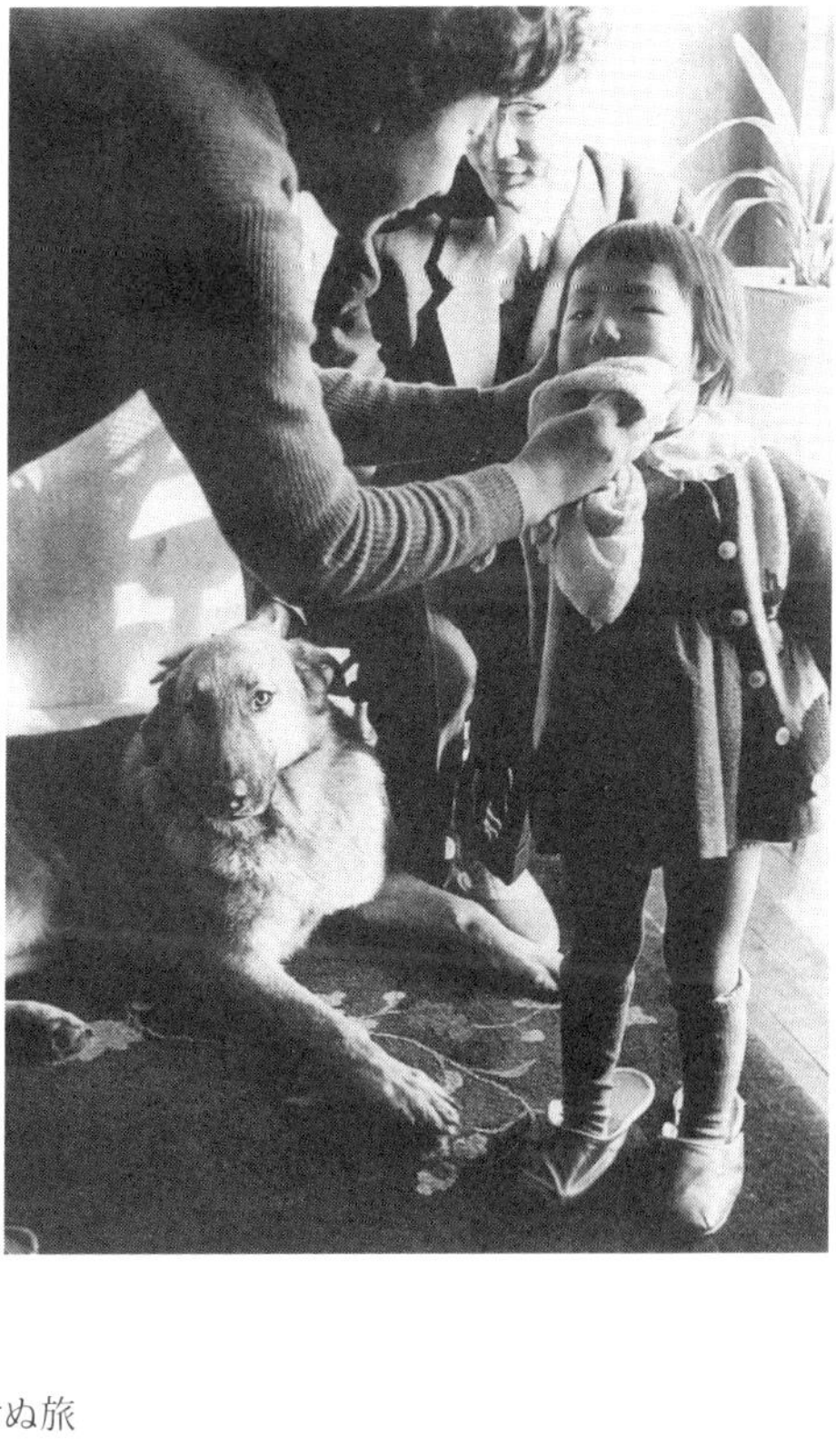

十

妻が英語が堪能であることは、自然と知られ、中学三年の男子三名が、親子同伴で補習授業を頼みに来た。妻は気軽に応じ、週二回教えることになったが、これを潮に一年の三名が同様に現れた。これも妻にまかせてはと私が引き受けた。

「まるで河相英語塾ね」

妻が冗談めかして言ったが、それはやがて現実のものとなったのである。

こうして生活が整っていく最中、厄介な問題が起こった。それは家主が、「この家は売却する約束がしてあるから、明け渡してほしい」というのであった。

「正式に契約書を取り交わしたわけではないから、いずれ出なければならないだろうが、そうすぐにはいかないよ」

「この際浜松へ移りましょうかね」

二人は額を寄せ合ったが、なかなか結論が出なかった。

そうこうしている内、また別の事柄が浮上して来た。それは県が所有している盲学校の敷地を売却し、別の所に新築するとの案だった。新しい土地の候補は二転三転、結局三方原台地に、七千坪の土地を購入することで話が決まった。三方原なら、ここからバスで十五分位の距離である。わざわざ浜松へ移る意味もない。気賀で土地を探し、小さな家でも建てよう。二人の意見は一致した。

ここなら土地はあるだろうと予測したが、案に相違して業者は浜松の土地を紹介して来る。さてどうしたものか、と思案しているところに、懇意の永田建設社長夫人から、売却希望の土地があるとの情報が舞い込んだ。

バス通りから、車が通れない狭い道を二、三分上がったところにあるその土地は、一面の畑地であった。裏手に山、西に林と風当たりは弱く、日当たりは真によい。土地造成の必要はないが、問題は狭い道と、水道がこの高さまで上がって来るかであった。永田夫人の話では、その内に裏手に道が出来る予定、水道の件は役場が保証しているとのことだった。

「住むのには気持ちのよい所ね」

妻は大いに乗り気だった。

「南はかなり段差があるから、家が建っても邪魔にならない。一番の問題は道が我慢出来るかだな」

「そうね。でもよい運動になるかもよ」

妻は楽観的だった。

二人の意見は一致し、永田夫人に話を進めてもらった結果、値段も折り合い、百五十坪程のこの土地を譲り受けることになった。ただ土地は農地であったため、宅地への変更を申請しなければならない。当時は農地の変更は厳しく、面積が広いと却下される恐れがある。それを考慮して、七十八坪と六十六坪の二区画に分け、売買契約書もそれにもとづき二通交換された。これが後に厄介な問題を引き起こしたのである。

暫くして宅地変更は認められ、建築に移っていった。

十九坪、三部屋の家が完成したのは、みどりが小学校に上がる前の月だった。いざ引越しとなった時、英語の教え子六人が、「私達にやらせてくれ」と言う。彼らのお蔭で、家財道具は瞬く間に運び込まれてしまった。

居間からは浜名湖が一望され、遠くは鷲津までが視野に入るという。

「こんな素晴らしい景色の所に住めるなんて幸せだわ」

妻がしみじみと語った。

「そうだね。四十前で家を建てられるとは結構なことだね。余裕が出来たら南と西に石垣をしなければいけないな」

私はもう次のことを考えていた。

十一

「みどりにピアノを習わせたいと思うけれど、どうかしら……」

新居に移って間もなく妻が切り出した。彼女は小学五年生の時、憧れのピアノを買ってもらい、熱心に練習した結果、かなりの所まで進んだが、太平洋戦争敗戦後、売り喰い生活道具として売られてしまった。かえすがえすも残念なことだが、ピアノへの夢を、娘に託したいとの思いもあったのであろう。

「いいだろう。芸事は六歳の六月からと言うが、音楽は早ければ早い程理想だよ」

こうしてヤマハの竪型ピアノが居間に納まることになった。みどりは楽器に興味を示したが、どこまで続くか、それは未知数であった。

「先生は、竜王様の妹さんが学芸大の出身だから、いいと思うわ」

こうしてピアノのお稽古が始まったが、妻は教わった後の練習を、傍らで熱心に指導していた。その効果があったのか、みどりの腕も上がり、二年ほどでブルグミュラーの小曲を弾くようになって妻を喜ばせた。

四年生になった頃、先のことを考えると、浜松の先生についた方がよいのではないか、との意見が浮上し、著名なS先生の門下生になった。この教室は音楽大学を目差す生徒も多く、従って指導も厳しい。それに耐えるには、かなりの努力が求められた。

「子供の頃はお尻を叩くのも仕方がないけれど、中学生になったら

自分で考え、判断するようにさせましょう」

「そうだな。余分なことは言わないようにしよう」

私達の意見は一致していた。

一方英語教室は年々増える一方、これでは居間で教えるのは不可能と、東側に畳の部屋を増築、そこを専用とした。最初は予想もしなかった英語塾の誕生である。

授業は夜の七時半から一時間。中学一年から三年までが週二回来るから、妻は休んでいる暇がない。夜食の片づけは私が引き受け、彼女は小休止すると教室に姿を消した。

「どうだった今日は……」戻って来た妻に私が問いかけると、「学校の進度についていけない子が結構いるわね。少し丁寧に教えてあげると、皆解ってよ」と、彼女は自信の程を示した。

だが妻は四十の前半腎臓結核に冒され、家庭療養を余儀なくされた。教室の方は私が代講したが、幸い病は一年で完治し、再び教室を預かるようになった。私が学校を退職し、教室を引き継ぐまで彼女は仕事を遣り通した。

「こちらから出向かなくても、やって来てくれるのだから、ありがたいことよ」

妻はそう言っていたが、彼女の能力を発揮するのに最も適した仕事であったろう。

十二

私とチャンピイの歩行は、毎日欠かさず行なわれていたが、彼は何時しか十歳の老犬になっていた。前々から彼の血統を残さねばと思っていたが、その頃同じ盲導犬のプランダーとの間で子供を取ることになった。これが成功すれば彼の血は新しい命に引き継がれるのだが、私はチャンピイと彼を育て上げた塩屋賢一さんのことを記録に残さねば、とかねがね考えていた。

ある日私はそのことを妻に打ち明けた。

「是非書いて。原稿を読んでくださったら私が筆記するから……」

彼女は進んで協力の意志を表わした。

その日から私は生徒が帰った後の教室に籠り、点字の原稿を書き続けた。ある程度書き溜めると、それを口述筆記してもらう。書き終わったところで妻は原稿を読み上げ、校正の筆を入れていく。

「ここが、ちょっとおかしいんじゃあない」

「そうだな。こう変えては……」

赤が入った原稿を、妻は原稿用紙に清書して作業は終わるのである。勤務から帰った後の仕事だから、一気呵成とは行かないが、原稿は少しずつ厚味を増していった。

一方チャンピイとプランダーの間には子犬が三頭生まれ、その中の雌犬を貰うことにした。名前はローザ。名付けの親はみどりである。子犬が二ヶ月になった頃、持ち主の大野さんが熱海に出掛けるから、そこで引き渡したいとのことだった。

その日夕刻になって、妻は子犬を入れたバスケットを抱え帰宅した。籠から飛び出したローザに歓声を揚げ、喜んだのはみどりであった。

「バスの中でローザが時々鳴くものだから、お客さんが不思議そうな顔をするのには困ったわ。冷や冷やものよ」

妻は大いに気疲れしたようだった。

その日からローザはチャンピイと同居である。彼女はチャンピイにじゃれ付きたくて仕方がない。老犬の彼は五月蝿くて堪らない。それでも我慢し相手になっていた。

「偉いチャンピイね」

妻は彼の優しさに惚れ惚れしていた。

ローザは日毎に大きくなり耳もぴんと立ったが、チャンピイの面影は何処にもない。

「ローザ。何とかならないの」

妻もみどりもがっかりしたが、これはどうにもならない。二代目の盲導犬になるべく、一歳の時、塩屋さんの所に預けられた。

一方執筆の方は順調に進み、約三百枚で脱稿となった。書名は「僕は盲導犬チャンピイ」。これも塩屋さんの紹介で、朝日新聞社から出版の運びとなった。

原稿を手にした新聞社の某記者は、「こんな綺麗な原稿は見たことがない」と驚いたそうだが、これも妻の几帳面さの表われと言えよう。

暑い七月のある日、出版の打ち合わせで私達は上京しなければならなくなった。長期であればチャンピイを伴うのだが、二日で事が済むので、チャンピイを浜松のW動物病院に預けることにした。だがこれが思わぬ不幸を招いてしまった。

二日目の夜、「チャンピイ死す」との報せが届いたのだった。

「しまった」

私はほぞを噛んだ。

この暑い最中、老犬の彼を狭い犬舎に入れるのは間違いだったのだ。

「別れる時私の手を何度も舐めて……」

妻は声を詰まらせた。

翌朝一番の列車で浜松に戻った私達は、既に冷たくなったチャンピイの遺体の前に跪き新たな悲嘆に暮れたのであった。

やがて出版された「僕は盲導犬チャンピイ」は、塩屋賢一さんに捧げられたが、同時にチャンピイ鎮魂の書ともなったのである。

十三

「ちょっと大変よ。下の土地に家が建つんだって……」

外出から帰って来た妻が、一大事と報告した。

「誰が建てるの」

「地主さんだそうよ。それも二階家だそうだから、景色は台なしね」

「仕方がないな。出来るだけ東に寄せて建ててくれるといいんだがな」

そんな話をしている内に工事が始まり、それほど時を要せず、青瓦の二階家が建ってしまった。我家のほぼ正面である。

「あの青瓦の色、趣味が悪いわ。それに陽が当たると眩しくて眼が痛い」

妻は大いに不満であった。

新しい隣家の家族は、老夫婦に三十恰好の娘の三人である。お爺さんは好人物で話もよくしたが、お婆さんは大いに変わっていた。外にいても、私達の姿が見えると、忽ち家の中に消えてしまう。娘もまた大同小異で愛想が悪い。ところが数ヶ月した頃だったろうか、お爺さんが急逝してしまった。

そうこうしている内、ある見知らぬ男が訪ねて来た。応対した妻に、「お隣の家の財産がどのくらいか解りませんか」と尋ねたのには、妻もあきれてしまった。

「私共にそのようなことは一切解りません。職業として内々調べる所がありましょうから、そちらにでもいらしてくださいと早々に帰ってもらった。

「世の中には色んな人がいるわね」妻は笑っていたが、私は娘の縁談のことではないかと推測した。

その後暫くして、四十恰好の男が出入りするようになった。朝早く出掛け、夜は遅めに帰って来る。これがどうやら問題の婿らしいのだが、この男もまた愛想が悪い。

「何ともお呼びでない隣人だな」

私達はそう言いながら日を過ごしていた。


一方東京での勉学を終えた竜王様こと、村上先生は、古巣の女子高校には戻らず、静岡の聖光学園に奉職した。だが実家に帰った折は必ず訪ねてくれ、何時の頃か、年越しは我家でするようになった。一億総白痴の紅白歌合戦を流しながら年越し蕎麦を味わい、除夜の鐘が鳴り終わると、竜王様は懐から茶封筒を取り出し、「はいお年玉」とみどりに手渡すのが慣わしだった。

「有難うございます」

彼女にとって、一年で最も楽しい一時であったろう。

そのみどりが中学三年になった時、音楽大学へ進みたいとの希望を明らかにした。

「いいだろう挑戦してごらん」

私は賛意を表わした。

「可能な限り応援するわよ。先ずピアノをグランドに代えるのね。当然グランドを置く部屋も作らなきゃあ駄目ね」

妻は自分の夢が半ば叶ったかのように意気込んでいた。

こうして西側に一部屋増築され、ヤマハのG三タイプのグランドピアノを据え、環境は万事整った。

「後は本人のやる気次第。高校は芸術方面に進むのに都合のよい学校を選ぶんだな」

私達の計画は着々と進んでいた。

学校も夏休に入ったある日のことであった。私達は昼食を摂っていたが、寝室にある電話のベルが鳴った。妻が受話器を取りに立ち上がったが、暫く話すと戻って来た。

「竜王様が亡くなったの」

それにには驚きとも悲しみとも言えぬ響きが籠っていた。

「ええ？」

「何だって！」

私とみどりは思わず叫んでしまった。

「心筋梗塞だそうよ。何としたことでしょう」

妻が付け加えた。

「これから静岡へ行ってお別れをしよう」

私は皆を促した。

静岡鉄道X駅にほど遠からぬ一軒家の二階に、竜王様は北を枕に眠っていた。

「先生残念です」

「お世話になりました」

「有難うございました」

私達はそれぞれ別れの言葉を述べ、共に泣いた。

先生は昨年結婚し、来年は父親になる予定だったのだ。その幸せも知らず、四十二歳で昇天してしまった。運命の過酷さをあらためて知る思いだった。

悲しみに沈んでいる夫人を慰め励まし、私達はその家を後にした。

「先生は安らかな顔をしていたかな」

道々私は妻に尋ねた。

「いいえ。とても苦しそうだったわ」

彼女はそれ以上語らなかった。

「私も見ていられなかった」

みどりはしんみりしていた。

亡くなる三日前、先生は我家を訪れたが、その折共にレコード音楽をじっくり味わった。その曲は、ベートーベンの最後のピアノソナタ三十一番だったが、あの曲の持つ悲劇性は、今にして思えば、何らかの暗示であったのかもしれない。

十四

我家の北側に作られる予定の道路は、建築から数年たって、やっと完成した。ただ土地買収の問題などあって、我家から狭い道を一、二分上がった所を東西に走っていた。車が横付けにならないのは残念だったが、今まではかなり便利になった。妻は「家の裏を車が通ったらうるさいわよ」と好感を持つほどだった。

「車が上がって来るようになったから、懸案の石垣を片付けようか」

私はそう提案したが、「あの変わり者のお婆さん、何と言うかしら……」と、妻は一抹の不安を感じているようだった。

秋も暮れ冬が迫る頃、私達は隣家を訪れた。

応対に出て来たのはお婆さんだったが、私の話を聞くなり、「石垣などは作らせません」と高飛車の応答だった。

「何故です」

私は冷静に尋ねた。

「貴方方は、境石を一メートルも南に動かしてます。そんな人に石垣は作らせません。あの土地はもっと狭いはずです」

「とんでもない境石を動かしたりしていませんよ。そんな乱暴なことを言われるなら、売買契約書をつき合せて確認しましょう」

私もやや憤然としていた。

「やっぱり変なことを言ったわね。下の家にいた頃も問題を起こしているのよ」

帰宅後、妻は失望を隠さなかった。

数日後、私達は二枚の売買契約書を手に隣家を訪れた。小寒い夜だった。火の気のない部屋で暫く待ったが、やがて現れたのは婿と娘の二人であった。

「あの土地は六十六坪ですね」

開口一番、男はそう極めつけた。

「とんでもない。百三十八坪ですよ。この契約書をご覧なさい」

私は契約書を突きつけた。

それを見た男は急に慌て出し、隣室に飛び込むと、がさごそ、がたがたと、何やら探し始めた。

「お宅には契約書が一枚しかないいんですか」

娘に尋ねたが返答がない。

やがて男は戻って来るや、「契約書が一枚ありません」と、最初の勢い何処へやらであった。

「法務局へ行って、土地台帳を閲覧することですね。必ず正確なことが解りますよ。

先の話はそれからにしましょう」

　私は冷ややかな口調で言うと席を立った。

「馬鹿もほどほどにしてもらいたいもんだね」

「目測だって、六十六坪なんて言う人はありませんよ」

「ああいう非常識な人間を相手にするのは厄介千万だ」

　帰宅後、私達はぷりぷりしていた。

　それから二、三日して娘が訪ねて来た。

「坪数は認めます。ただ実際の面積を測らせてください」

　何処までも食い下がろうというのだ。失礼な話だが、こちらには石垣のことがある。百歩譲って要求を受け入れた。

「貴女の方で測量士を頼んでください。私の方は、知り合いの測量士に立ち会ってもらいます。それとお互いの家を建てた、永田建設の社長さんにも来て戴きましょう」

　娘は了解すると帰って行った。

　約束の日、隣家の婿と測量士、それに先生と呼ばれる得体の知れぬ男が現れた。こちらは知り合いのM測量士に依頼してあった。相手の測量士はMさんの顔を見ると、

「君が来るなら、僕は来なくてもよかったなあ」と意味不明のことを言ったが、やがて測量に取り掛かった。

私達は実際の面積が、台帳のそれより少ないことを心から願った。少しでも多ければ、「先生」と呼ばれる男が何を言い出すか解らない、と懸念したからだった。

計り終わった測量士が一言《ひとこと》言った。

「実面積の方が一坪少ないですね」

私はほっと胸を撫で下ろした。もう何も言うことはない。腹に据え兼ねていた私は永田さんに、「『土地については一切口を出さない』旨の念書を書かせてください」と要請した。

「まあ念書まではよいでしょう。私が証人として立ち会いましたから……」

永田さんは何故か消極的だった。私もそれに従った。

こうして測量劇は終わったが、数日して妻が飛んで来た。

「誰かが家の土地を測っていますよ」

私はその男を捕まえ詰問した。

「人の土地を勝手に測っては困りますね。いったい誰に頼まれたんですか。さっさと帰ってください」

私の権幕に押され、男は一言もなく引き揚げた。

「全く煮ても焼いても食えん連中だ」

私は苦りきっていた。

それからはこうした椿事もなく、石垣の工事は順調に進み、長年の懸案はやっと解決した。

だがその後、不思議なことが私達を酷く驚かせた。

「この頃下のお婆さん、人が変わったようににこにこしているのよ。私の姿を見たら逃げ込むどころか、近寄って来て『ほうれん草が取れたら上げますからね』なんてお愛想を言うの。『最近お嬢さんはピアノがとても上手になったんじゃありませんか』そんなお世辞まで付け加えるの。私何だか気味が悪いわ」

外から帰って来た妻はそう語った。

「悪いことじゃあないな。きっと反省したんだろ」

私は敢て重大に考えなかった。

ところがそれから十日程して、お婆さんは急にあの世に旅立ってしまった。

「人間急に仏様みたいになると、先が短いのかもね」

妻は嘆息混じりに言うと、ふっと溜息をついた。

「早くこうだったら、良い隣人だったのに……」

私も感慨無量だった。

それから数年後、婿も姿を消し、娘と子供一人の淋しい家庭になった。

人生様々、人色々である。

十五

高校三年を目前にして、娘みどりの大学受験は一層現実味を帯びてきた。音楽大学の受験は、普通一校に絞るのが常識である。

「高望みをせず、実力相応の所を選べばよい」

それが私達の基本的な考えだった。

S先生と相談の結果、県立愛知芸術大学音楽科が受験校と決まった。

同大学は、古戦場としても知られている長久手に広いキャンパスを擁し、芸術の探求に相応しい環境である。ピアノ科の教授O先生は、指導者としても著名であった。大学としての水準も高く、教室からも既に二名進んでいる。万事好都合と、私達は目的達成を願ったのであった。

新年度に入って、入学試験用の課題曲が提示された。シューマンの「幻想曲」である。私はこの曲を知らなかったが、ローマン派のピアノ曲は、大きな手の者に向いていると言われる。手の小さい娘にとって、この曲が不利に働かなければよいがと願った。

当然ながら、一年は芸大教授のO先生の指導を受けなければならない。月一回、学校の帰途、大学に回り、最終バスで帰宅することも珍しくなかった。

「どうだった今日は」

妻の問いに、「全然駄目よ」と素っ気無く答えることも一度ならずであった。

こうして一年はあっという間に過ぎ、三月入試の日がやって来た。一次試験は無事通過したが、問題はシューマンである。その日妻は同伴すると言う。

「普段通りに弾けばいいいんだよ」

出勤前私は笑って見せたが、テストとなると決してそうは行かないことも承知していた。

「駄目だったなあ」

帰宅した娘は自信なげであった。

「いいのよ。もうすんだのだから気にしないでおきましょう」

妻はそう言って慰めたが、私達の心の中も一喜一憂であった。

結果はやはり不合格であった。意気消沈し、足取り重く帰宅した娘を優しく迎えたものの、三人を取り巻く空気は重たかった。

「大学浪人などは幾らでもある。もう一年やるさ」

そうは言ってみても、この程度の言葉では、娘の心を引き立てることは出来なかった。

「私もうピアノ弾かない」

彼女はつと立ち上がり、ピアノの部屋に行くと、ピアノの蓋を閉め鍵をかけてしまった。それだけではない。シューマンの楽譜を、庭の片隅で、落ち葉とともに焼却してしまった。

「あそこまでしなくてもよいのに……」

妻はそう言うと嘆息した。

「好きなようにさせたらよい。時間が経てば落ち着くだろう」

私は楽観視したものの、やはり心の中は暗かった。

二日経って私と妻は、一年間お世話になった愛知芸大、O先生の許にお礼に出向いた。初対面の先生は、物静かな中年の婦人である。

「本来なら本人を連れて参るところですが、何分落ち込んでおりまして……」と私達は頭を下げた。

「よく解ります。ご心配には及びません。本当に残念なことでした。ただ二度とこの学校をお受けにならないほうがよいでしょう。何か雰囲気が、お嬢様とは合わないように思うのです」

最後の一言は、その真意を汲みかねたが、先生の一語一語には誠実さが感じられた。

一方気持ちを切り替えた娘みどりは、来年のことを相談にS先生をお訪ねしたが、帰宅後の一言は私達を驚かせた。「来年は桐朋音大を受けなさい」というのである。

桐朋音大と言えば、東京芸大と並び、全国から俊才の集まる有名校だ。だがこの進言には二つの理由があった。その第一は、課題曲が三曲提示され、その中から一曲選べることと、第二は、四年制を失敗したら、二年制度の短大に拾われる。というのである。

「桐朋に挑戦してみます」

彼女の意志ははっきりしていた。

間もなくS先生の紹介で、妻と娘は、桐朋音大G先生に一年間の指導をお願いするため上京した。

「快く引き受けてくださったわ。だけど最初から注文をつけられたわよ。鍵盤を上から叩くのではなく、横から拾うようにお弾きなさいですって……」

帰宅後の妻の話から、この一年は苦労が多いだろうな、と私は推察した。

その年の課題曲中、娘はリストの「超絶技巧練習曲」の第二番を選択した。難曲ではあるが、彼女は自分の手に最も合った曲と考えたのであろう。その他バッハの平均律第一集の三十番が全員に課せられていた。

上京となると住いが問題である。幸い妻の妹夫婦が一室を空けてくれたので、グランドピアノを搬入し、態勢は総て整った。

娘を送り出してから、我家のピアノは、妻が時折手慰みに弾く程度になってしまった。そうした中で、私達は来年の幸運を願わずにいられなかった。

G先生の許に通いだしてから暫くしてだが、私は挨拶がてら上京し、親しく先生の指導ぶりを拝聴した。

何処か華やかさを身につけた先生の教授は、厳しさの中にも明るさを感じさせた。一時間の授業が終わって後、先生はコーヒーを淹れてくださり、音楽や世間話に花を咲かせる社交家でもあった。娘がこの先生と肌が合えば、必ず上達するであろうと私は推察した。

課題曲もかなり仕上がってからのことだが、先生は娘ともう一人の受験生を、著名なピアニストにして教育家のI女史の所に連れて行かれた。もちろん女史の評価を伺うためである。

一曲弾かせてから、I女史は、「今年は貴女は無理ね」と素っ気無く言ってのけた。この一言が彼女の心をどれだけ傷つけたか、想像に難くない。だが私はこの屈辱をバネにして、娘がもうひと踏ん張り、ふた踏ん張りすることを願ってやまなかった。

芸術家は何でも言える特権を持っているのではない。ましてや教育家であるなら、相手のことを思いながら発言すべきだ。私はI女史の人間性に強い疑問を抱いた。

その年も明け、受験日が次第に近づいていた。テスト一週間前、先生は教授で試験委員のO先生の許に娘を行かせた。最後の仕上げの意味であろう。結果について、私達は何も聞かされていなかった。

試験当日、妻は前日から上京し、控え室で、演奏を終えた娘が現れるのを待っていた。

「今までで最高に弾けたと思う。これで駄目なら仕方がないわね」

総てを終わった娘はさっぱりした表情だった。

「よかったわ。後は結果待ちね」

妻はそう言い残し帰宅した。

娘からの朗報が入ったのは、それから十日程経ってからであった。

「入りましたよ」

彼女の声は明るさに満ちていた。

「おめでとう。よくやったわね」

妻はそう言うと、後は涙に咽んだ。無理もない。一年間常に念頭にあって蟠《わだかま》りであったものが解けたのだから。

私はこの吉報を職場で受け取ったが、「よかった。よかった」と言うだけで、後の言葉が続かなかった。胸に支えていた鉛のようなものが、一気に溶け去ったとさえ思われた。

日をおかずして、私達は先生方へのお礼のため上京した。

「最初は四年制は無理かなと思いましたが、段々しり上がりに上達し、よくやってくださいました。これからの四年間、しっかり勉強して戴きます」

日頃愛想のよいG先生は一段と明るかった。

次いで訪れたO先生の言葉には、すっかり感激させられてしまった。

「みどりさんが私の所に見えたのはテスト一週間前でしたが、実はその時、八箇所間違えて弾いたのです。私は後一週間しかないが、ここを全部直していらっしゃいと申しました。テスト当日、みどりさんはそこを綺麗に修正して弾いてくださいました。それに弾いていらっしゃる姿が、本当に心を込め、全力を出し切っていらっしゃるのがよく解りました。私は大変感動して、努力賞を差し上げました」

親としてこのような讃辞を戴くのは、この上ない栄誉であった。

一般に大学は学ぶと同時に、遊ぶ所と受け取られ勝ちだが、桐朋音大は全く学びの場であった。娘は豊かな音楽環境と、優れた師、良き友に恵まれ、切磋琢磨して技を磨き、感性を高めることが出来た。

卒業演奏には現代フランスの巨匠、メシアンの練習曲三曲を演奏し好評と高得点を戴いた。

妻はその楽譜を一瞥して、難しいのに驚き、「私には音さえ拾えない」と感嘆したが、それは我子に託した夢が果たされたことへの喜びでもあったと思う。

その年、奇しくも私達は銀婚を迎えた。結婚して二十五年、妻はひたすら家事に勤しみ、出産育児を成し遂げたが、同時に私を支え、夜は英語を教える多忙さであった。その間一度病に倒れたが、それも乗り越え、銀祝に恵まれた幸運は二人の協力もさることながら、偏に神からの賜物であったと思う。

林檎剥く銀婚を経し妻なるや

十六

「卒業したらもう少し東京にいて勉強したいのだけれど、チェンバロも弾きたいし……」

娘は最終学年になった頃、そのような希望を漏らしていた。卒業すれば家に帰るのが自然なのだが、東京に留まっての勉学とは、何を考えているのだろう。徹底して突き詰めるでもなく、そこは親の甘さである。

「一年ならいいだろう。一年だよ」と、私達は彼女の希望を許してしまった。このことが、結果として様々な問題を引き起こしたのであった。

一方彦根盲学校を皮切りに、長年務めて来た私の教壇生活も、次第に終わりを迎えようとしていた。六十年定年制は、否応なく身を退かねばならない。その後は、長年妻が果たして来た英語教室を受け持とう。そうすれば妻が楽になり、私は余力を生かすことが出来ると、一応の目算を立てていた。その上で、退職の記念に何か残そう。それには妻が年来望んでいた夏、山での暮らしが出来るよう、山小屋を建てるのも一案と、思案を巡らしていた。

夏も近いある日のこと、娘から「一人の男性を連れて行くから、会ってほしい」との連絡があった。日頃妻は「恋人が出来たら話さなければ駄目よ」と念を押していたから、恐らくその男であろうと、私達は期待をもって待ち受けた。

娘が伴ったNというその男は、武蔵野音楽大学大学院、声楽科に在籍していた。一度社会に出た経験があるとのことで、かなり老けた印象を与えたが、会話の中で彼が発した一言は、彼の正体を知るに充分であった。

「私はドイツのある歌劇場から、今すぐにでも雇ってくれると言われています」

冗談も程ほどにしてほしい。この世界がそんなに甘いものではないことは、こちらの方が百も承知している。見え透いたはったりを利かせて、田舎の親父を煙に巻こうなどとは止めてもらいたい。私はこの男の不誠実さが甚《いた》く気に障った。不誠実な人間は、人を幸せにすることは出来ない。愚直でもよい。もっと誠実な男性を選んでほしいと、私は願わずにいられなかった。

二人が去ってから、私は妻に尋ねた。

「今の男をどう思ったかな」

「そうね。人間の目や鼻は与えられたものだから仕方ないけど、人相はこれとは違うと思うの。後から出来たものじゃない。あの人の相には近寄り難いものがある。避けたいという思いが強かったわ」

視点は違うが、好感を持たなかった点は同じだった。

その後、Nから結婚の申し込みがあるでもなく、娘からも強い希望が述べられたでもなかった。しかし「恋は人を盲目にする」。親の一言より、恋人の一言の方が、強い引力となったことは疑いない。約束の一年が経っても、娘は帰ってこようとはしなかった。東京残留一年の約束が守られなかったのも、Nの存在故であろう。とりわけ彼は娘の信仰生活に、大きな影響をおよぼした。もともとNは、新興キリスト教M教団の信者だったのだ。その結果、娘は親子三人属していたカトリック教会を離れ、M教団に走ってしまった。

既に成人に達している娘が、「信仰を選ぶ自由と権利を持っている」のは間違いないことだが、親の感情を、その一言で割り切るのは難しかった。二十数年、穏やかに続いてきた私達の信仰生活の一角が崩れたのは、真に淋しい限りであった。

その後暫くしてからのことだが、娘からかかって来た電話の中で、「今精神的に落ち込んでいる」との一言が漏らされた。

「どうしたんだ。今話せないのか」

「ちょっと無理」

「それじゃあ帰って来て話しなさい」

「そうします」

電話はそれで途切れた。

「どうも精神的に悩んでいるようだぞ」

私は妻にその一件を話した。

「Nとの関係がこじれているんじゃあない」

「そうかもしれない。とにかく聞いてやろう」
二、三日して帰宅した娘の口から発せられた一言は、私達の推察を裏書きしていた。
「あの人は必ず結婚すると言っていたのに……」

彼女の話によると、Nは娘のほかに、もう一人武蔵野音大の女学生と関係を持っていた。二人の女性を天秤にかけ、結局娘を捨てたのだった。

「歯の浮くような詩を書いて人の心を捉えようとしたあの人は偽善者です」

悲しみで満たされていた娘は、それ以上言葉もなく自室に籠ってしまった。

「これで一件落着だな」

「そうね」

二人はほっとして顔を見合わせた。

だが親の正しい姿勢として、これだけでよかったのだろうか。悲しみに暮れている娘を抱き、共に泣いてやるのが、真の親ではないだろうか。

「悲しむ者と共に悲しめ」との聖句は実践されていなかったのだ。もしそうすれば、娘は家に留まったかもしれない。事実彼女は再び上京してしまった。本来なら自分を裏切った男が信奉した宗教から抜けだしてもよさそうなものだが、逆に彼女は一層教団にのめりこんでいった。その上、二十数年歩んで来た音楽の道をも離れると言い出した。

いかなる場合でも、「信仰と音楽は両立しない」とは誤れる偏見である。両者はお互いに関係し合い、豊かに発展するものだ。かの大バッハを見よ。彼の音楽の土台には深い信仰があった。この二つが両々相俟ってあの偉大な峰となったのだ。

私達は二度苦汁を舐めねばならなかった。

「私達はいったい今まで何をして来たのでしょう。総てが逆の方向に向かって行く」

そう言う妻の嘆きも無理からぬことであった。

十七

夏山の大気はどこまでも澄み渡っていた。

信越線、上田駅から車で上ること約四十分、標高二千三百メートルの四阿山《あずまやさん》の麓に広がる四阿高原を訪れたのは、退職二年前のことであった。ある人から、一度見てはと誘われ、山に関心のある私達は、それに乗ったのである。

一山五十万坪と言われる広大な土地は、一個人の所有であったが、事情により分譲され、上田のカトリック教会を中心に、ここに平和村を作ろうとの計画が進められてから久しいと聞いている。

数千坪の土地がミッション系の学校に贈与され、二百から四百坪程度の小口は、教会や個人の所有するところとなった。

一方、四阿高原自治会が結成され、土地の売買や、土地に関する諸問題が、この会によって取り扱われた。

私達が訪れたその日、自治会長のAさんが、駅頭まで出迎えてくださった。Aさんは上田の洋品店主である。山のことには労を厭わぬ篤実な方と聞いていた。

車で山を一巡り、時折足を留め、車から降り立ったが、大自然の素晴らしさに、私達はすっかり魅了された。

かつて中学一年生の時、サッカー部員であった私は、菅平高原での合宿に参加したが、牧場から眺めた北アルプスの絶景は、今も目の底に焼き付いている。あの日から五十年、菅平から程遠からぬこの地に居を構えようとは夢のごとき話であった。その上、私達が選んだ土地は、大学時代の恩師M先生の所有と解り、この高原との縁の深さを感じさせた。

先生から土地を譲って戴いたが、実際に新居が完成したのは翌々年のことであった。

十六坪のこの小家屋は、アメリカで建築の仕事に携わる甥によって設計されたが彼は日本風の美を好む巧みな設計家であった。

「十六坪よりずっと広く見えるわね」

妻はすっかり感心していた。

木の香も新しいテラスに座り、私達は語り合った。

「これが僕達の最後にして、最大の贅沢だな」

「本当にそうね。ありがたいことだわ」

正直なところ、この傑作は妻への贈り物と思っていた。長年の夢を実現させると同時に、一連の出来事で湿り勝ちになっていた彼女の心を和らげると考えていたからだった。

退職後、私達は七月の中旬から九月の末まで、山で暮らすのが慣わしとなった。夏の盛り、室内の気温は二十二、三度程度で真に過ごし易い。だが八月も半ばを過ぎると、萩、女郎花など秋草が咲き揃い、白樺の葉は黄ばみ、山は秋を迎える。九月ともなれば気温は一層下がり、時に火が恋しくなることさえある。特に寒い日には、ストーブで薪を燃やすが、薪の弾ける音と、柔らかな暖かさは、山の趣を一段と深くした。私が薪を運び、妻がストーブにくべる。彼女は薪の燃やし方が、大変上手であった。その頃になると人気は殆んど絶え、全くの静寂の中で、私達は山の秋を楽しんだのだった。

高原から二百メートル程下った所に、通称「一軒家」と呼ばれる、かなり大きな構えの家がある。

江戸時代、この地方一帯は天領だったので、代官が行政権を握っていたが、常住しているわけではない。代々「一軒家」の主は代官の下役として、山の見回りや、年貢米の検査などを行なってきた。明治維新になってその仕事はなくなり、自由業に転向したが、不思議と三代、婿取りが続いた。現在の当主は大工職、妻の昭子さんは高原の庶務に携わっていた。私達が入山した当初、郵便物は「一軒家」に届けられ、彼女はそれを配って歩いていた。労働を厭わぬ彼女は、頼まれては熊笹刈にも汗を流した。

私達は最初から昭子さんの世話になった。上田と山の往復、日用品の買い物などなど、彼女の存在がなかったら、私達の生活は難しかったであろう。

「一軒家」には子供が四人いる。次女で中学二年のまいちゃんが、英語がよく解らないから教えてくれと頼まれた。

「一軒家」から我家までは、歩くと一時間以上かかる。それでも彼女は熱心に通って来た。

「どうも基礎がよく解っていないようね」

そう言いながら、妻は手を取るように教えてあげた。

ある日勉強が終わり帰ろうとしたら、遠雷の音が聞こえてきた。

「まいちゃん。雷が行ってしまってから帰ったらどう」

妻が心配すると、「大丈夫です」そう言い捨てどんどん下って行った。山の子は逞しい。

「山に来てまで英語を教えるとは思わなかったわ」

妻は笑ったが、その後まいちゃんの成績が上がったかどうか、それは聞いていない。

山の恵みは自然に留まらず、人との出会いにも及ぶ。私達が家を建てた頃、程遠からぬ西の方に、一軒、山荘が建った。

聞くところによれば、ご主人は慶應義塾大学の教授、奥様は雙葉学園、聖心大学を卒業とのこと、どちらからともなく急速に接近し、親しい間柄となった。お互いに招き招かれ、山の話題、世間話に時を忘れた。

奥様の博子さんのお話によれば、雙葉時代に天文班の一員として何度か山を訪れたが、その魅力にすっかり取り付かれ、将来ここに家を作りたいとの夢を抱き、それが今実現したのだそうだ。

先生はよく「熊」という柴犬を連れ、一人で山へ来られる。自炊生活は苦にならないようだ。

そうした時、妻は、先生を昼食にお招きしていた。

「どうも山では米が上手く炊けなくて困ります。お宅のは何時もふっくらしていますが、何か秘訣がございますか」

「いいえ何もございません。ただ圧力釜を使う必要があります」

妻がそう答えると、「それなら家にもございます。家内が機械のものは不得手らしくいっこうに使いません。今晩私がやってみましょう。やり方をお教えくださいますか」と大変乗り気になった。

「何でもございません。釜が沸騰し蒸気が出始めましたら、弱火にして二分炊いて戴きます。火を消してから、釜の蓋が楽に開くまで蒸らします。ただそれだけのことです」

「これはありがたい。早速いたしましょう」

翌日先生から電話があった。

「お蔭様で大変美味しいご飯が炊けました」

「先生、とても嬉しそうだったわよ」

妻はそう言って笑った。

先生が山に来られない折、博子さんは友人、知人を招いておられた。ある夏、昵懇《じっこん》の粕谷神父を招待されたことがあった。

粕谷神父は、社会派の司祭としてつとに知られている。東大卒業後、電源開発の仕事などに従事しておられたが、思うところあり、司祭の道を選ばれたと聞いている。それだけに見識が広い。

長らく国際協力隊の隊員養成に努め、ご自分も現地で平和部隊の一員として活動された。

私達は神父にお会いするのは初めてだったが、色々な話の中で、娘のことが話題に上った。神父は深く肯いておられたが、後になってお互いの関係正常化に大きな力となってくださったのだった。

山は思わぬご縁を取り結ぶ所である。

十八

秋も深まる頃であった。ある日、浜松在住のM教団員で、Kと名乗る女性から電話がかかって来た。

「お嬢さんの結婚式はとてもよかったそうですよ。私は出席出来ませんでしたが、東京の息子が参列し、そう報告して参りました」

「結婚式とは何ですか。私達は何も知りません」

私の一言に、その人は大変驚いたようであった。

「それはとんだことを申し上げ、済みませんでした」

慌てふためいたように電話を切ってしまった。

「一体何ですか、今の電話……」

不信そうに妻が尋ねた。

「結婚したそうだ。何故前もって親に知らせないのかね。全く非常識な話だ」

「どうして私達が除け者にされなきゃあならないんでしょう」

そう言って諸々不満を述べ合った。

以前私は娘が世話になった教団のＹ氏に手紙を書いたことがあった。その中で、結婚は両性がお互いに理解し、納得した上で到達するものだ。教団の誰かが一方的に取り決め、それを絶対視するのは正しくない。だが本人がそれを望むなら、そのように図ってもらいたい」と述べたが、この批判が彼等を刺激し、もし知らせると、式を妨害するのではないか、との疑念を彼らに抱かせたのではないかと勘繰った。だが私達はそのような幼稚な人間ではない。

その夜娘に電話をしたが、私を納得させるような答えは得られず、とにかく明日そちらへ行く、と言うことで話は終わった。

翌日、妻は心尽くしの手料理を用意し、私は扉の鍵を開け、二人を待った。やがて足音が近づき、扉が外から開かれた。

「ただいまあ」

明るい娘の声である。彼女はやはりここが我家だと思っているのだ。私は半ばほっとすると同時に、私達に苦い思いをさせながら、からっとしている彼女の態度に些か当惑した。

「初めまして。金城英與です」

そう名乗るこの男性が、何処の何者か全く解らない。やがて会話の中から、彼が沖縄の出身で、医学を学び、現在東京の某病院に勤めていることが明らかになった。

「そろそろお昼にしましょう」

妻に促され、食卓に近づいた婿殿が「やあ、ご馳走だなあ」と歓声を上げた。何と無邪気なことか。娘の「ただいまあ」と言い、どうやら二人は、私達が受けた衝撃の重さを、さほど感じていないようであった。

二人が去った後、私達は新しい舞台の展開について語り合った。

「総て結果よければよしだな」

「そうね。見守っていきましょう」

お互いの硬直した感情は、次第に解け去っていた。

それから数日後、婿から電話がかかってきた。

「お互いの親類、縁者が知り合う会を開いたらどうかと思いますが」

「それは大変良いことだ。是非やろう。東京の兄に万事頼むからよろしく」

話は簡単に決まった。

兄は快く引き受けてくれ、準備万端整ったところに、娘から電話が入った。対応した妻の話によると、「この会は取り止めにしてほしい。教団ではそういうことは、しないそうだから」との話だった。

「そんな馬鹿な……」

その夜、私は婿を電話に呼び出した。

「この会は君の方から提案したんだよ。それを止めるとは何か横槍が入ったかね」

私の詰問に彼はしどろもどろだったが、その通りだと答えた。

「たとえ誰が口を出そうと、自分が正しいと思ったことは主張しなければ男じゃあないぞ」

私はかなり辛辣だったが、彼は反論出来ない。ただ止めてほしいの一点張りである。話にならぬと私は諦め、白紙に戻してしまった。

「せっかく円満な関係が結ばれるのに……」と、妻はそのことを大変残念に思っていた。

当時娘夫婦は、田園調布のアパートで暮らしていたが、そこは教団本部にほど近く、また入居者は信徒が殆んどであった。それだけに外部の力が、何かにつけ影響を与えたに違いない。

翌年十月、娘は男児を出産した。このことは既に知らされていたので、私達は初孫に会うのを楽しみにしていた。妻は赤子用の帽子や靴下を編み、「これ似合うかしらね」などと期待を滲ませていた。

ところが産後間もなく、娘から「産まれた子には会わせられない」との意外な報せが飛び込んできた。

「何故？」尋ねても、理由を明らかにしない。ただ「会わせられない」の一点張りである。私達はこれが娘の本心であるとは思っていなかった。また外部の力が働いている、と確信した。だがそれにしても、人間性を無視した、何と非道な仕打ちであろうか。初め聞いた時の驚きは、怒りへと燃え移っていった。

「我々に何の落ち度があるのだ。そんなに会わせたくないなら、私は行かない」

そう言い切ったが妻は違っていた。

「私は行って来ます。行けば必ず会えると思いますよ」

彼女は決然と立ち上がり、身支度をすると出掛けて行った。

だが夕刻になって妻は悄然と帰って来た。

「アパートの前まで行ったけれど会えなかったわ。何のことか解りません」

後は言葉もなく、黙り込んでしまった。

「ご苦労だったね。でも、このままにしておいてはいけない。粕谷神父にご相談しよう」

私の提案に妻も同意した。日をおかずに神父に打ち明けたところ、

「私がお嬢さんにお会いしてお話を伺いましょう。総てはそこからです。暫くお待ちください」

神父の言葉には自信の程が窺われた。

程なく神父から連絡があった。

「色々話しましたが、先ずお父さんとお母さんがM教団の集会に出席してください。私もご一緒いたします」

話は簡単だったが内容は重かった。労力の上では大したことはないが、当時の私達

としては、精神的拘りがあったからだ。やはり妻は最初渋ったが、すぐに考えを切り替えた。

「参りますわ」

その一語には強い決意が感ぜられた。

全国市町村会館で催された教団の中央集会に参加したのは、それから間もなくのことだが、そこで私達は初めて孫を抱いたのであった。集会にはかなりの人が集まっていたが、旧知のYさんは私の頭に手を当て、熱心に祈っておられた。内容はよく解らなかったが、あるいは私の開眼を祈ってくださったのかもしれない。

二回目も東京の某所であったが、三回目は私一人参加した。孫を膝に車に揺られかなり走ったが、その集会は喧騒に満ち、何が目的か理解出来なかった。閉会後、娘夫婦のアパートに帰り付いた時は夜もかなり更けていた。その夜、私は綿のように疲れた体を横たえたが、神経が高ぶり、なかなか眠れなかったことを覚えている。

こうして私達の間柄は、氷がとけるように元に復していった。最後の締めくくりとして、粕谷神父、Y氏を交え会食を開いたが、その席上、妻は「ご迷惑をお掛けしまして」と、Y氏に頭を下げた。

「いやいやこちらこそ、実は色々ありまして……」と、Y氏は言葉を濁された。振返って見れば、何が災いの源であったのか、今もって私は理解出来ない。

十九

もともと婿は父祖の地沖縄で、地域医療に携わりたいとの理想を抱いていた。彼の父上の出身地は山原《やんばる》と呼ばれる所で、この一帯は無医村に近い状態だった。彼はここに医院を建て、恵まれぬ人々に光を与えたい、との夢を描いていたのであった。僅かな家財道具を車に積み、沖縄に向かう途中我家に立ち寄り一泊したが、娘にとっては未知の土地である。慣れるまでには苦労も多かろうが、自ら選んだ道である。自分で切り拓くほかはなかった。

「その内に沖縄を訪ねるからな」

「是非お出でください」

そう約束を交し、一路沖縄へと旅立ったのは、孫が二歳になった頃のことであった。

娘一家が沖縄へ向かった時、私は既に職を退いていた。

思えば初めて教壇に立った昭和三十一年から三十年余り、盲教育一筋に歩み通せたのは幸運であった。その中で、最初の職場滋賀県立彦根盲学校は、最も印象深いものがある。

昭和三十年末、大学卒業を目前にしても、就職の展望は一向に開けなかった。私は東京近辺の盲学校への就職を希望していたが、どの学校も、普通教科を教える全盲教員の採用を敬遠していたからである。

「この分だと職業浪人になるかもしれないよ」

当時既に婚約していた妻に打ち明けた。

「とにかく卒業したら結婚しましょう。私が働きますから、大学院でもう一年勉強なさったら」

彼女の答えははっきりしていた。このことを予期していたのか、彼女は速記術の勉強を始めていた。本業は英語を教えることだが、速記の仕事を併用して、収入を上げようという目算だった。しかしこの心遣いは無用になった。

その年も明け、二月になってからのことだったが、旧知の点字毎日新聞編集長の長岡加藤治先生から朗報が入った。それは彦根盲学校の西原校長が、全盲で普通大学を卒業した者を採用したいとのことだが、応ずる気はないか、というのだった。

「もちろんお願いいたします」

私は二つ返事で答えた。

それから暫くしてのことだが、その西原校長が、東京での所用を兼ね、我家に立ち寄ってくださった。「どんな男か確かめてみよう」とのことだったらしい。

「貴方は大学を出ているから、中高生に英語を教えられましょうな」

「もちろん教えられます」

「杖をついて一人で歩けますか」

「歩けます。ただその内に盲導犬が誕生しますから、彼とも歩きたいと思っています」

「そのような犬がおるんですか。まあそれは出来てからのことじゃ」

諮問はそれでお終い。後は世間話になってしまった。

「三月になったら一度彦根にお出でなさい。教育長に引き合わせたらそれでお終いじゃ」

学校長は機嫌よく帰って行かれたが、どうやら私は眼鏡にかなったらしかった。

琵琶湖が入り江のように入り組んだ通称「港湾」に沿って、県立彦根盲学校が建てられていた。木造平屋建ての小さな学校である。そこに百数十人の盲生徒たちが学んでいた。

四月、始業式の前日、打ち合わせで出勤したが、玄関で一人の女生徒がスリッパを揃えてくれた。気の利く子だな、と名前を聞くと、「一年の山中一枝です」とはきはき答えた。

「一年なら先生が教えるかもしれないよ」

と言い残し職員室に向かったが、この子が何故始業前から学校にいるのか、深くも考えなかった。だが後になって、この生徒には身寄りがなく、休暇中も寄宿舎で過ごす不遇な子だと解った。それからというもの彼女には特に心を寄せるようになった。

職員室では隣席の理科担当、三田村先生と親しくなったが、先生の副担任となったことが、一層親密の度を深くしたのだった。

初めて生徒達の前に立った時、私はあらためて西原先生が描いた教育効果を、再認識することが出来た。私は彼らの先輩であると同時に仲間なのだ。私が歩んで来た道は、彼等のと同質である。私の一言一句は、彼らにとって受け入れ易いのだ。見える人達が持ち合わせない特権を私は持っている。それは正に天職と言わねばならない。それを自覚し、そこに生きてこそ、私の存在理由があるのだった。

生徒達は皆素朴で親しみ易かった。彼らもまた東京の大学出身の若い全盲教師には関心があったのであろう。二学期になってからだが、生徒会の役員をしていた北川、中森、安井の三君が、芹川の土手っぷちにある六畳一間の我家を訪ねて来た。当時はまだ物が豊かな時代ではなかったが、妻は心尽くしの汁粉を振舞ってくれた。私達はそれを味わいながら大いに歓談したものだった。

彦根盲学校を含め、近畿八校の盲学校では、演劇活動が盛んであった。赴任した次の年のことだ。小杉さんという女生徒が職員室の私を訪ねて来た。

「先生、今年は秋に近畿ブロックの演劇コンクールがあります。参加したいので脚本を書いてみました。直してください。劇の指導もお願いします」

そう言う彼女は演劇好きで評判の生徒だった。

頼みに応じ、手渡された脚本を一読したところ、内容は親子物語だが、出来栄えはあまりよくない。そこで骨子は残し、大幅に修正し、題名も「夜桜」と変えて正式の脚本とした。配役は小杉さんが選定、皆演劇好きの生徒ばかりだった。

台詞の練習はよいのだが、立稽古となると手に負えない。そこで着任したばかりの初田先生を口説き、そちらの指導を受け持ってもらった。

立稽古に入ってからは、放課後の三時から寄宿舎の夕食が始まる六時まで、熱心な練習が続いた。その頃盲導犬となったチャンピイは、私と学校に通っていたが、彼は私の傍らで、静かに練習を見守っていた。

大会当日、この分なら優勝もまんざら夢ではないと期待をもって臨んだが結果は二位であった。

「よくやった。実力の差はないよ」

私は生徒達を大いに褒めそやした。

演劇は感覚の訓練にも通じ、協力の生まれるよい教育の場だと思う。在任中三回その責任者となったが、懐かしい思い出として印象深い。

初出勤の日に出会った山中さんは、その後私のクラスで元気に学んでいたが、妻は彼女の身の上をあわれと思い、休暇中にはよく家へ招いて上げたりした。その頃娘のみどりは既に生まれていたが、彼女は何時も遊び相手をしてくれた。私達が彦根を離れてからも時折電話をくれたが、必ず妻を呼び出し、長話をしている。その折のことが忘れられないのであろう。

彦根を去ってから五十余年になるが、今でも交流が続いている教え子達が何人もいる。彼女等の厚い思いは、私たちにとって、何物にも替えがたい人生の宝である。

続　十九

心を残しながら去った彦根は、世襲の城主によって支配される城を中心とした典型的な城下町である。それだけに落ち着きもあり、住民の気質も素朴であった。

これに対し、浜松にも城はあったが、城主は世襲ではない。一代毎に変わる。天保の改革で名高い水野忠邦も城主であったことがあるから、言って見れば幕閣を育てる城であろう。それだけに城下町としての趣は全くない。近代産業に支えられた活気ある中都市だ。

転勤した浜松盲学校は、その規模において、彦根校と大同小異であった。着任当初は町中にあったが、程なく古戦場として名高い三方原台地に移転し、三階建の校舎を新築した。我家からは大分近くなったが、バス停からは十分程歩かねばならない。それに例の悪路である。盲導犬は未だバスに乗れず、私は白い杖一本でこれに挑んだ。妻はこのことを痛く心配したが、私の若さと慎重さが大事に至らせなかった。やがて東名高速道路の完成によりこの悪路も舗装されたが、三代目の盲導犬セリッサとバス通勤が出来たのは、昭和五十年の半ばであった。

学校が異なっても、内容が大きく変わるわけではない。ここでも私は部員六名の中学部に属し、中、高の英語を担当した。全盲教師として、生徒と同じ立場に立つ姿勢も一貫していた。進んでクラス担任も引き受け、生徒との交流を密にしたが、盲学校では、一クラスの人数は、多くて五、六人に過ぎない。そこで学期末には、生徒を自宅に招き、食卓を囲んで歓談することが多かった。こうした時、妻は彼らが喜ぶようなご馳走を用意し、もてなしてくれた。

年を経るにつれ、親しい人間関係も生まれてくる。伊豆出身の狩野益男先生はその一人だった。彼は伊豆の大地主の末っ子だが、腕白小僧を大人にしたようなところがあった。だが根は淡白で人が好く、私はよく彼から助けてもらうことがあった。

中学部では授業の一環として、演劇活動を行なっていた。秋の文化祭に、その成果を発表するのが慣わしである。五月にもなると、狩野さんから声がかかる。

「おい、もうそろそろどうだ」

「解った」

二人は図書室に籠り、脚本の選定をする。その年の男女を含めての生徒数、全盲弱視の割合を念頭において検討しなければならない。これが一仕事である。脚本が出来れば、後は各部員に、大道具、小道具、衣装などを分担してもらい、後は練習開始である。

彦根校の小杉さんのような抜群の演劇好きも時に現れ、一様に演劇活動は楽しいようであった。

時に英語劇を上演したが、これは他の学校には見られない出来事であった。「ノアの箱舟」(The arch of Noah)はその一つだが、この脚本には妻が手を入れ、中学生でも理解しやすいようにしてくれた。ほかに「天罰覿面」(The punishment of heaven）と題する喜劇物もあって、文字通り英語の学習となり、感覚訓練にも大いに役立った。演劇活動については、彦根校での体験が大変参考になったと思う。

何時の頃からか定かな記憶がないが、部の主事職に推薦され、退職までの長きに亘ってその地位にあった。主事職といっても大層なことをするわけではない。部員が働き易い環境を作るだけだ。私はこれに当たって、三原則を宗とした。一、常に矢面に立つ。二、決断をする。三、火消し役を買って出る。この三点である。後は部員の自由な活動に委ねた。

途中から主事に毎月手当てがつくようになった。本来不要なことなのだが、私はこれを保存し、学期末の外での部会に一切使ってしまった。手当てを貰う程の地位でもない。私としてそうすることが、私らしい振る舞いと思ったのだ。

やがて退職の年となった。最後の授業を終え、離任式に臨んだ私は、一言の短い挨拶をした。

「長い間楽しく教壇生活が出来たのは、生徒の皆さんのお蔭でもあります。これから第三の人生を、何時ものようにベレー帽をかぶり、セリッサとともに、颯爽と生きる心算です。颯爽と言う言葉は私が好きな言葉です。皆さんも日々の生活を颯爽と生きてください。ではこれでお別れします」

　送別会の後のことだが、狩野さんが部厚いアルバムを手渡してくれた。これには何時何処で写したのか、得意のカメラで、私の学校生活における様々なスナップが、セリッサの口を借り、説明入りで満たされていた。私にとっては家宝のようなありがたい品だが、その最後に、学校から帰宅した私を出迎える妻の姿が載っている。

「長いことご苦労様」との一言が聞こえそうだ。

三十二年に及ぶ教員生活が大過なく終わったのは幸運だったと先に述べたが、妻の変わらぬ後ろ楯が幸運を招いたと言っても言い過ぎではない。

二十

退職してからの私の仕事は、妻が受け持っていた英語教室を総て引き継ぐことだった。これによって妻は心身共に楽になったのだが、或る日同僚だった大内先生から次のような話が舞い込んできた。

それによると、東京に「ジャパンフォスタープラン」という低開発国の子供達を支援する組織がある。日本人は貧困故に教育を受けられない子供達の里親になって資金援助をする。両者の間では手紙の交換によって理解を深めるのだが、英文でなされる手紙の翻訳者が足りない。河相さんと奥さんにとっては、うってつけの仕事ではないか。どうせ暇だろうから是非やって貰いたい」とのことだった。

早速妻に話したところ、「私達の力相応のお仕事だからやりましょう」となって、本部に申し入れる次第となった。

暫くして本部より件の手紙と思われる包みが届いたが、開いてみると英文の手紙が十通、日本文の手紙が同じく十通現れた。同封の手紙によると、これら二十通の手紙を一週間で翻訳し、送り返して貰いたいとのことであった。

「相当忙しいわね」

妻は笑っていたが、相談の結果、妻が英文を訳し、私が日本文を英訳することになった。二人分業だからまだよいものを、これを一人でこなすとなると、かなりハードな仕事のように思われた。

日本語の手紙は妻がテープに録音してくれ、それを聞きながら点字で英文に訳して行くのだが、正確な日本語で整った日本文は極めて訳し易い。これに反し、失礼だがだらだらとした悪文は訳し難く手を焼かせた。内容も千差万別である。殆んどが日本のことや身辺の事柄を書かれているが、身の上話を長々と述べたり、極端なのは創価学会の宣伝もどきに至っては抵抗を感じないではいられなかったが、こちらは訳者として、一字一句を正確に訳すのが仕事だ。じっと我慢する他はなかった。

出来上がった原稿は、妻に口述筆記してもらうのだが、「この英語はちょっとおかしいんじゃあない」と指摘され、頭を掻くのは一度ならずであった。英語の力は彼女の方が上なのだ。何しろ聖心女学院英語専攻科で、国語以外は英語で授業を受けたというのだからとても敵わない。教科書英語でこつこつやられるのとは教育環境が違うのだ。この上アメリカかイギリスにでも留学していたら、恐らく天と地程の差があったことだろう。

それはともかく、妻が扱った十通の手紙は、その殆どが里子のものからというより、彼らを見守る人達の観察報告といってよかった。英文は左程難しくないが、手書きが多く、癖のある文字の判別に苦労したそうだ。

平均して一月に一回、手紙の束が届いたが、その時は大童であったものの、何とか義務を果たせたのは、矢張り二人が力を合わせたからであろう。

私達も里親になったが、その国はケニヤ、タイ、バングラディッシュ、ネパールなどに及んでいる。

ケニヤの一少年本人から手紙を貰ったが、彼は何時も裸足で、家に水道がないのだろう、水を運ぶのが大変だ。将来はタクシーの運転手になりたいと夢を覗かせていた。はたしてどうなったことであろう。

私達が七十を越えてからのことだが、「頭も疲れてきたし、そろそろ翻訳のお仕事を辞退しましょうかね」と妻が弱音を吐き出した。

「十年もご奉仕したからいいだろうな」と私も賛意を表し、本部にその旨を申し出た。

「大変長いこと有難うございました」と大いに感謝されたが、私達は自分達の持つ能力を生かしたに過ぎない。表向きの奉仕活動は、この一件だけだったと思う。

二十一

空の蒼、海の蒼に包まれ、元々武器を持たない平和な島、沖縄。しかし島が置かれた地理的条件は、平和とは裏腹に、過酷な歴史を取らざるを得なかった。古くは清国の圧制に苦しめられ、次いで薩摩藩の支配を受け、近くは太平洋戦争における米軍の破壊的攻撃と、その後の占領は、沖縄を悲劇の島と化したのであった。

私達の少年時代、沖縄は遠い南海の一孤島と受け取られていた。だが戦争勃発と戦局の悪化は、沖縄が日本本土の生命線であるとの認識を抱かせるようになった。

昭和二十年三月、米軍が西岸に上陸し、沖縄戦が開始されたことは、内地の新聞にも報道されたが、報道管制の時代故、細かな戦況は一切知らされなかった。だが日本軍が摩文仁《まぶに》の丘で全滅し、県知事も殉職されたことは一面に報道された。

沖縄が米軍の手に堕ちたことは、日本列島上陸作戦が現実のものとなったとの危機意識が国民の間にも広がった。場所は九十九里浜か、いやそれとも相模湾か、と憶測は憶測を呼んだ。一方軍部により「列島決戦」「一億玉砕」など、戦意高揚が声高に叫ばれ、国内は不安の内に時が過ぎていった。

しかし八月の広島、長崎に投下された原子爆弾は終戦を加速化させ、八月十五日の無条件降伏となった。「本土決戦」は、沖縄の犠牲と、原子爆弾によって避けられたのであった。

敗戦後次第に情報は公開されたが、沖縄戦において二十万人生命が失われたことは、深い驚きと悲哀に私達を沈ませた。挙句の上主権は奪われ、巨大な軍事基地と化したことは屈辱だった。

「沖縄の本土返還がなければ戦後は終わらない」との佐藤首相の一言は世論の支持を

得、昭和四十年に至り沖縄県の名称は復活したが、私たちにとって娘と沖縄県人との結婚は、この島を一層身近な存在としたのであった。

私と妻が初めて沖縄を訪問したのは昭和六十年代のことだが、婿のご両親は心から歓迎してくださった。到着の夜、沖縄舞踊を見ながらの晩餐にあずかったが、料理の珍しさもさることながら、私は舞踊のリズムが独特であることに心を奪われた。やはりここには異質の文化があると感じたのだった。

「豚の耳の味はどうだった」

ホテルに帰ってから妻に尋ねてみ

みどりと長男を抱く金城氏。そのご両親と共に。最初の沖縄訪問。

た。

「気味の悪いものではないけど、特に美味しくもないわね。それより舞踊の方に興味があったわ。男性的で、内地では見られない踊りじゃあなくて」

妻も私と同じように感じたらしかった。

次の日沖縄のM教団の集会に出席した。小人数の集まりだが、皆素朴な人達ばかりであった。ここにも沖縄の一面を見る思いがあった。次いで訪れた植物園は、広大な敷地に、沖縄ならではの熱帯植物が聳《そび》え、素晴らしい景観であった。海洋博の水族館も植物園に劣らず、私達の心を引くもので満ちていた。

その夜は娘達の家に泊まったが、家が国道に面しているためか、一晩中車の往来が激しく沖縄が車社会であることが実感された。恐らく基地関係の車が多いのであろうが、沖縄が基地産業と、観光産業に依存しているのはやむを得ぬとしても、将来基地がなくなった後の沖縄産業はどうなるのか、車の流れを耳にしながら、ふとそのようなことが頭に浮かんだ。

沖縄訪問最後の日は、戦跡回りであった。これには婿の父上が懇切な案内をしてくださった。

最後の激戦地、摩文仁の丘は、今は平和な地となっているが、ここでいかなる悲惨な戦闘が繰り広げられたかは、全く思いを馳せることが出来ない。ただ林立する慰霊碑が、無言の内にそれを語りかけているに過ぎなかった。悲劇の象徴とも言える「姫百合の塔」もまた同様である。殉国の精神に燃え、ひたすら一途な生き方をしようとした少女達の死は、戦争の悲惨さと平和の問題を考えさせる上で、永遠に生き続けていると思う。

「私が説明しただけではとても足りませんから……」

父上はそう言われると、「沖縄戦史」と題する本を貸してくださった。

帰宅後その本を一読したが、沖縄戦の悲惨さが余すところなく描かれ、心を打たれるものがあった。ここでそれらに触れる必要はないが、一つ注目すべき記事を上げておこう。それは摩文仁戦玉砕必至とみた一上官が、部下を戦列から逃がしたことだ。逃亡は重大な軍律違反だが、彼は無駄な命は捨てさせないことを、何よりも優先したのである。この判断力と大胆さには敬服した。

丸三日の旅を終えた私達は、そこでの収穫に充分満足した。

「やはり現地へ行かないと本当のことは解らないわね。みどりも沖縄の生活に馴染んでいたし、万事安心したわ」

妻はそれ以後、高校野球は沖縄代表を応援するようになった。

沖縄は長寿県として知られているが、子供の数も多い。一家に五、六人など珍しくない。その理由は風土の故かどうかよく解らないが、娘も長男に次いで、二人男の子を授かった。四人目の女の子が生まれた時、妻は単身手伝いにでかけることになった。予定は二十日間、私は留守番、自炊生活である。

その頃我家では、未だ電気炊飯器を使っていなかった。圧力鍋を使用していたが、私はその手順を教わり、後はセリッサとともにスーパーで副食品を買いさえすれば、後は支障はなかった。それより時は四月、沖縄では三月に海開きだから、四月と言えば、気温もかなり高くなっているはずだ。暑さに弱い妻が、二十日間身体がもつかどうか、その方が心配であった。

元気よく出掛けた妻だが、やはり途中で音を上げた。

「とにかく暑いのよ。これには参るわ。それに荷物がどこか他所へ運ばれたりしていて。やはり沖縄ね、のんびりしてる。それよりそちらはどうですか、うまくご飯が炊けて?」

「こちらは問題ないよ。セリッサが大いに働いてくれるから……」

そんな会話が電話で交換され、時は少しずつ刻まれていった。

予定を終え、妻は思ったより元気に帰宅し、私を安心させた。

「ご苦労様。疲れただろう」

「そりゃあね。チビ達が言う事を聞かなくって……。それに何と言っても暑いわ」

妻は苦笑していた。

「でも女の子が一人いてよかった。どんな顔をしてるかね」

「未だ解らないけど、二人のいい所を貰っているんじゃあない。きっと美人になるわよ」

妻の言葉はかなり確信めいていた。

その夜妻はオルガンの蓋を開け、バッハの小曲を弾いていた。毎晩かかさずオルガンを鳴らしていたのだから、さぞ楽しかったと思う。

妻が手伝いに赴いた頃、婿は父上の出身地である国頭村辺士名《くにがみそんへんとな》に、ひかり医院と称する診療所を建て、地域医療に専心していた。もともとこの地方には、村営の診療所があるが、六千人の村には不充分な状況であった。それだけにひかり医院の存在は、この地方一帯にとって大きな福音となったのである。

「行く行くは老人介護にも手をつけたいと思います」

彼はそう抱負を語っていた。

長女の恵里が生まれて三年目、また男児が誕生した。彼らにとって「子供は五人」が目標だったらしい。

「また手伝いに来てくださいと言ってますよ。今度はパパも一緒に行って頂戴。その方が心強いわ」

妻は私の出馬を促した。

「ああいいよ。洗濯や皿洗い位は出来るだろう」

とんとんと話は進み、セリッサを昵懇のKさんに預け、沖縄へ向かったのは十月の初めであった。

十月と言っても、沖縄は盛夏に等しい。妻の体調を考慮し、近くの奥間ビーチにあるホテルを予約してもらった。このホテルは海岸に近く、一戸建ての洒落た造りだ。窓越しに聞こえる波の音が荒々しくなく、優しさが籠っている。小学唱歌「吾は海の子」の中の一節、「波を子守の歌と聞き」とはこういう音かと思わずにいられなかった。

毎朝七時になると、タクシーが迎えに来る。私達の出勤だ。

仕事と言えば、大量の洗濯物の始末と食器洗い程度。普段我家でもやっていることだから、たいして驚くに値しない。それに二人でやれば、気持ちが楽になるのであろう。

この家には犬が四頭いると聞いていたが、なるほど母家に続いた所を金網で囲み、放し飼いにしている。これでは運動にならないが、四頭の犬達を散歩させるのは、家族構成から見て至難なことだ。

前回妻が手伝いに来た時、婿や長男が犬を飼いたいと主張したが、母上が、みどり一人の負担になるから絶対にいけない、と強く反対されたそうだ。正に正論なのだが、何時の間にかその禁は破られてしまったらしい。犬を飼うなら一頭かせいぜい二頭、それに手間隙掛けるのが原則である。

私が運動場に出ると、全員大喜び、四方八方から飛びついてやめようとしない。

「やっぱり違うわ。犬達もよく解っているのよ。だけど洋服がこれでは大変……」

妻は洋品店でトレーナーを求め、私はそれを着込み、大将格のチャンプからブラシで体を擦り、一頭ずつ手入れをしてやった。

「洗濯物を干すよりこの方がえらいな」

犬はお手の物の私だが、四頭はちょっときつかった。

ある日のこと、妻が郵便局に用事を頼まれたと言う。

「ちょうどいい。チャンプを連れ出し躾をしよう」

私の提案に娘は強く反対した。

「やめといて。言う事を聞かないで恥ずかしいから……」

「大丈夫。飼主のやりかた次第だよ」

私は押し切ってチャンプに引き綱をつけた。ところが三歳になった恵里が、私もチャンプの引き綱を持つと言って聞かない。

「それじゃあお祖父ちゃんは首に近いところを持つから、恵里は後ろの方を持ちなさい」

これで一件落着。恵里は大満足。妻の案内で一行は郵便局へと向かった。

局で待っている間、チャンプは私の横に伏せた状態で座らされ、少しでも動こうものなら叱られ、大人しくなれば大いに褒めてもらった。

「どうだった」

娘は心配そうに尋ねたが、私は自信をもって答えた。

「あの子は利巧な犬だよ。教えれば何でも覚えるだろう」

その後中学生になった長男に、躾のやりかたや、食事の与え方を教えたが、結局長続きはしなかったようだ。今では猫を四匹飼っていると言う。

沖縄滞在の日数も少なくなった頃、婿は私達を島の北端、辺戸《へど》岬に案内してくれた。ここには沖縄の本土返還を記念する碑が建てられているのだ。途中山原《やんばる》と呼ばれる山林地帯に自動車路が通っているが、人家は少なく、未開の地である。

時折森に住む亀が道を横断するそうだが、その際車は必ず停車、のそのそ亀が渡り終わるまで待たなければならないそうだ。森の神様とでも言うのであろうか。印度の神様、牛と同様、面白い話だ。

車で走ること約三十分、岬に到着したが、周囲は海また海、断崖絶壁の岬からは、時に奄美大島が展望されるそうだ。

絶壁上、小高い岩山に記念碑が建立されている。婿は私の手を引いて登らせてくれたが、角度もあり、足場も悪い。妻はとても登ることが出来ず、下から仰ぐに留めていた。

記念碑に刻まれた文字には、沖縄県民総ての思いが籠められているであろう。沖縄戦の悲劇を経、今日未だ余燼の残る沖縄の未来を思わずにいられなかった。

その日から数日して、私達は沖縄に別れを告げた。

「とても充実した二十日間だったわ。やはりパパが来てくださったからじゃない」

妻は満足の意を表わした。

「そういうわけでもないだろう。奥間ビーチのホテルがよかったんじゃあないかな」

私の耳には、あの優しい波の音が蘇っていた。

二十二

花の季節も終わり、葉桜の頃となっていた。

「教会のSさんから連絡があって、ルルドへの巡礼旅行の定員が三つ空いているからどうか、ですって。参加しましょうよ」

妻の気持ちはかなり前向きだった。

「行ってもいいよ。ただ体力がどうかな」

私の慎重な答えには訳があった。前年の五月、私達は三代目の盲導犬セリッサを見送っていた。

彼は一年三ヶ月で我家の門を潜り、それ以後営々と働いてくれた。その長さにおいてはチャンピイに勝るものがあった。

「セリッサは私達で最期を看取ってやりましょう」

「それがいいな」

私達の意見は一致していた。

十五歳になったセリッサは、後足が極端に弱くなったが、後半になると、こちらが支えないと全く立てなくなった。下も自由が利かなくなり、犬用のおしめを使用したが効果がなく、妻は人間用のおむつを使って胴をぐるぐるに巻き完全に漏れを防いだ。

夜は私の部屋で布団に寝たが、脳に異常をきたしているセリッサは、夜中になると前足の力だけで布団から飛び出し、徘徊を始める。これを布団に連れ戻すのが、毎夜の私の仕事であった。妻が「代わりましょうか」と言ってくれたが、私は彼女の体調を慮り、それをさせなかった。こうした生活は疲労を重ねさせ、私の体力を低下させていった。

忘れもせぬ五月五日、今まで大いに食欲のあったセリッサが、朝から全く食事を取らなくなった。

「もういけない」

犬が急に食事をとらなくなるのは、最期が近い証である。

事実その夜から、彼は横たわり目を閉じたまま、弱々しく「わん、わん」と間隔をおいて鳴き始めた。体を撫でてやると鳴き止むのだが、手を止めるとまた鳴き始めるのだった。妻と私が交替で撫でてやったが、明け方になり鳴き声はぱったり止み、昏睡状態に陥った。翌一日その状態は続いたが、日付も替わり七日の午前一時頃、妻が「セリッサが」と、うとうとしていた私を起こした。

「セリッサ！」

総てを了解した私は両手で彼を抱いた。体温は未だ残っていたが、腰の辺りから少しずつ冷たくなっていくのを、私の掌ははっきり感じ取っていた。

セリッサの遺体は、翌日三ヶ日町の小動物専用の火葬場で荼毘にふすることになっていた。それを前に妻は白い薔薇を初め数々の花で棺の中を満たした。

「セリッサ、まるで眠っているみたい」

妻は思わず声を詰まらせた。

思えばセリッサは人一倍妻になついていた。彼女が外出のため、ドライヤーで頭髪の手入れを始めようものなら、自分も一緒に行くと、大騒ぎをするのだった。

「今日はお前は留守番ですよ」

そう言われて渋々落ち着くのだったが、妻が出て行くと、一番よく見える西側の部屋に飛んでゆき、坂を下りて行く彼女の後ろ姿を見えなくなるまで追っていた。このような訳だから、妻が彼の死をいたく悲しむのも道理であった。

セリッサの遺骨を拾い、我家に戻った頃、五月の太陽は西に傾こうとしていた。妻は骨壷を祭壇に置き、香を焚いた。ふくよかな香りの中で私達は向かい合った。

「セリッサは山が好きだったから、お骨は山に埋葬しましょう」

妻がそう提案した。

「いいだろうな。彼に相応しいよ」

私も同意し、後は無言で十五年に及んだ彼との生活を振返っていた。

その年の夏、山に赴いた私達は、一本の白樺の根方に遺骨を埋めたが、妻は何処からか手頃な石を探し墓石代わりにした。

「セリッサ、ゆっくりお休みなさいね」

妻の一言で総ては終わったのだった。掌中の玉を失ったような空虚さがある一方、長期に亘る看護から解放されたのは恵みであった。澄み切った大気と静かな環境の中で、溜まりに溜まった疲れと体力の低下は、少しずつ癒やされていった。

ルルド巡礼の旅の話が持ち上がった時、今まで果たしたことのない妻との外国旅行にとって何よりだし、同時に体力の復活を計るにもよい機会だと思った。

ルルド巡礼の旅の一団は、鎌倉、掛川、浜松三教会の会員三十二名、団長は長らく浜松で宣教に務められたホントノー神父であった。神父は八十五歳の高齢の上、脚が不自由で松葉杖に頼る歩行だったが、毎年巡礼に参加しておられた。

五月七日、奇しくもセリッサの一周忌に、私達はエールフランスボーイング七四七型機に搭乗した。同機はニューカレドニヤを出発地としていたので、母国フランスに帰る兵士の一団が既に乗り込んでいた。何処の国でもそうなのだろうか、彼らはかなり行儀が悪い。妻の前に座っている男は、背凭れを一杯に倒し、後ろの人のことなどさらさら考えない。夜中には足音高く、売店へ買い物に行く。機内は静寂を保つどころではない。

「出だしから余りよくないわね」

妻が不機嫌そうだった。

「まあ、ちょっとの辛抱だよ」

私はそうは言ったものの、ろくろく眠れず、パリ・ドゴール空港に到着したのは翌朝の四時半であった。

パリの五月は未だ気温が低いと聞いていたが、それ程寒くない。マロニエの白い花も既に開いていた。

朝の食事を近くのカフェで摂る。そこには妻が愛するミュシャの硝子絵が何点か飾られ、彼女を大いに喜ばせた。それに朝食に供されたクロワッサンの何と美味しかったことか。

「クロワッサンはフランスの大地で取れた小麦粉を使わなければ、こんな良いお味は出ないんですね」

妻はこれにも大満足だった。

その日のパリは、対独戦勝利の記念日で、目抜き通りのシャンゼリゼには三色旗が扇型に飾られ、大統領出席の式典が行なわれるとのことだった。これほど大々的な行事を行なうのも、前後三回に亘る隣国ドイツとの血みどろの戦いが、いかに彼らにとって一大脅威であったか、それは我々の想像を絶するものがある。

パリで訪れた三教会は、ノートルダム大聖堂、モンマルトル寺院、それに不思議のメダイ教会であった。その中で最も著名なのはノートルダムだが、奥行き百四十メートル、間口四十五メートル、高さ三十五メートルの巨大伽藍には圧倒される。六世紀に建造され、十二世紀に今日の姿に改造されたそうだが、当時の人達の並々ならぬ宗教的情熱を、ありありと感じ取られてならなかった。

壁面には「薔薇窓」と呼ばれる直径十メートルのステンドグラスを始め、多くの聖画が飾られている。

要領のいい妻は、「薔薇窓」をカメラに収めたとやや得意げだったが、「撮影禁止じゃあないの」私はそう言ってちょっと顔を顰《しか》めた。

ノートルダムの偉大さは言うまでもないが、観光客が非常に多く、正に観光名所の感が深かった。

それに比し、モンマルトル寺院は趣を異にしていた。モンマルトルと言えばパリの歓楽街だが、それを見下ろすこの丘は、二世紀に初代パリ司教が殉教したところから「殉教の丘」とも呼ばれていた。一八七〇年普仏戦争敗退後、戦没者の霊を慰めるため、四十年の歳月を費やし、モンマルトル大寺院、別称サクレクール寺院が建てられたのであった。

堂内に足を運ぶと、ちょうど聖務日課が唱えられているところであった。聖務日課とは、グレゴリオ聖歌の旋律に合わせ祈りを唱える務めである。私達は足音を忍ばせ、御堂の中程に席を占めた。手回しのオルガンに合わせ、数人の修道女が唱える祈りは、丸天井に届き、適度の残響を残しながら伝わって来る。その歌声は、世俗の塵芥を忘れさせるほど清らかであった。

御堂の近くで人目を引くのはジャンヌ・ダルクの立像である。

一六〇〇年イギリスとの間に戦われた百年戦争において、ジャンヌはフランス軍の先頭に立ち、フランスを勝利に導いたと言われるが、その後フランス王の計略に陥りイギリスに引き渡され、魔女として火刑に処せられる。しかし時を経て彼女の名誉は回復され、「オルレアンの聖女」と讃えられるに至った。甲冑に身を固めた彼女の立像は、あたかも白亜の大聖堂を守るかのようであった。

不思議のメダイ教会は、バス道路に面した小さな教会である。この教会が広く知られるようになったのは、一八三〇年、修道女カタリナ・ラブレに聖母マリヤの霊声が伝わり、平和のためのメダイを作るようにと言われたことから始まる。メダイは完成し、広く流布されたが、カタリナ・ラブレはその後四十年、貧しい人々のために働き、この世を去っている。ところが第二の奇跡がカタリナ・ラブレの上に起こった。一九三三年、彼女の遺体が亡くなった時のままの状態であることが判明した。現在も会堂の一隅に、彼女の遺体は安置されている。これは科学による認識を超えた謎の世界である。

パリ三教会の巡礼を終え、オルリー空港からベアリッツに飛ぶこと一時間、そこからバスで目的地ルルドへ向かう。

そのルルドだが、フランスを北から南へ走るピレネー山系の谷間に存在する一寒村に過ぎなかった。産業はこれとてなく、農業、牧畜業が生業の中心に過ぎなかった。ところが一八五八年、この寒村に一大異変が起こった。それはスリルー家の長女十四歳のベルナデッタに、聖母マリヤが現れたことであった。ベルナデッタの父は製粉業を営んでいたが、事業に失敗、一家は貧窮の底にあった。ベルナデッタは家計を助けるため、水を汲み、薪を集め、羊を追う労働に従事しなければならなかった。

ある日のこと彼女はガブ川の畔、パスカビエール洞窟の辺りで薪拾いをしていた。そこに風の音とともに一人の婦人が現れ、そこを掘るように言われた。彼女は言われた通りにすると、水が湧き出し、次第に泉のように広がっていった。ベルナデッタはこのことを村の役人、教会の司祭に伝えたが、誰も本気にする者はなく、彼女の作り事と一笑に付してしまった。その後婦人は再びベルナデッタに現れ、洞窟の上に教会を建てるように言われる。最後に身分を明かし去ってしまった。それ以後聖母は現れていない。

ところが泉に触れた足萎えが癒やされる奇跡が頻発するに及び、県や村の役人も、真剣に考えるようになった。しかしこれが奇跡とみとめられるようになるには、十五年の歳月を費やしている。

ルルドが聖地であることを立証した科学者アレキシスカレルは、もともと無神論者にして、生物学者、外科医であった。彼はルルドの奇跡を聞くに及び、その真実性を確かめるため現地に赴いたが、検証の結果、科学の及ばない力を信ぜざるをえなかった。数年後彼は名著「人間この未知なる者」を著し、科学が及ばない世界の存在を説いたのであった。

こうしてルルドはカトリック聖地と認められ、世界各地から多数の人が訪れるようになった。

私達の一行がルルドに到着したのは、既に夜八時を回る頃であった。遅い夕食を取るのもそこそこに、私達は指定された室に旅装を解き、ほっと息をついた。

「疲れたわね。明日からどうなるかしら……」

妻は何となく不安そうだった。

「明日からの方が楽だろうよ。何しろ朝の四時半から動き詰めだったんだから。明日の早朝ミサは何時だったかな」

「六時半よ。遅れないようにしなきゃあね」

二人は思い思いにベッドに潜り込んでしまった。

モーニングコールが鳴る前に私達は眼を覚ましていた。窓を開けると冷気が流れ込んで来る。やはり五月とは言え高地なのだ。

冷気の中で、私達全員は聖母出現の洞窟（グロットオ）の前に集まりミサを行なった。幅十二メートル、奥行き八メートルの洞窟の脇には泉がこんこんと湧き出で、岩屋の上に建てられた数十メートルの鐘楼は、十五分毎に打ち鳴らされるのであった。

こんこんと湧き出る泉に触れてみたが普通の水と変わるところはない。しかしこの水の力に期待し、入山する人は多い。松葉杖に縋る人、車椅子やストレッチャーで運ばれる人の数々、奇声を発する知的障害者の人達も珍しくない。だがその人達も期待空しく山を去るのであろう。奇跡は滅多に起こるものではない。ルルドが聖地となってから百五十年、奇跡は僅か五十件起きたに過ぎないのだ。ルルドの奇跡は、肉体の病を癒やすことのみにあるのではない。健康な人は病者に接することによって、彼らへの理解を抱くとともに、己の厚遇を感謝する。一方病者は同じ立場に立つ者を知ることによって、己が最も不幸な者ではない点を知るであろう。体の癒やしもさることながら、ルルドの真の奇跡は精神の覚醒にあると思う。

当然ながらルルドの一日は、宗教行事で埋め尽くされている。点々と存在する教会堂ではミサが立てられているが、日曜日には国際ミサが行なわれる。場所は百年程前に作られた地下大聖堂だが、その日集まった人は一万七千人と言われた。全員で唱和する祈りは圧倒的な響きを生み出し、聖歌隊の大合唱は、場内を圧するものがあった。人種・民族・国家を越えた大ミサである。

終了後、私達はホテルのベッドに長々と横になった。

「正直なところあの大音響には参ったな。西洋人は音に対する神経が鈍いのかもしれないな。あれでは、ありがた味がないよ」

私はかなり辛辣だった。

「でもあの広さと人数では、あんな音になるんじゃあないの。でもかなり疲れたわね」

妻はかなり好意的だった。

午後の四時半からは、広場を中心に聖体行列が行なわれた。これはキリストの体を表わす聖体を先頭の者が奉じ、二キロの道を歌いながら歩く行事だが、自己の信仰を深め、お互いの連帯に役立つ。

私達が参加した折、ホントノー神父も松葉杖をつき、隊列に加わっておられたが、歩むにつれ、自然隊列から遅れ、かなり後方を黙々と歩んでおられた。その姿は、「ただ主の道を歩め」との教えを体現しておられるように思われてならなかった。

夜は参加者全員が蝋燭を持って行進する「光の行列」が行なわれる。私達は参加しなかったが、「アベマリヤ」の大合唱を感動的に受け留めていた。マリヤはキリストの母、祝された女性だが、どこまでも人であり、キリストと同格ではない。これを踏み外すとキリスト教は歪んだものとなる。私は大合唱を聞きながら、暫しそのような思いに沈んでいた。十時になると大合唱はぴたりと止み、山は静寂に包まれる。こうしてルルドの一日は終わるのであった。

翌日一行は二班に別れ、一つの班はモントバにある引退司祭の施設を、他はフランシスコザビエルの生誕地、スペイン領パンブローナを訪ねることになっていた。私達は後者を選んだが、パンブローナに赴くには当然ピレネーを越えなければならない。それもバスで片道四時間の道程である。山に差し掛かると急坂の連続であるが、車のない時代の人達は、この難路を一歩一歩踏みしめ、ローマ、エルサレムと並んで三大聖地の一つ、サンチェゴ・デ・コンテポステに向かったに違いない。「巡礼」という古典的な言葉は、かかる行為に相応しいのかもしれない。

暫く行くと、両側が氷河地帯になっている所に到着、ここで小休止、バスを降りるとさすがに高地、冷気が肌を刺す。氷河の写真を撮る人、近くまで赴きじっくり観察する人、と様々だが、私を捉えたのは、雪解け水が流れ落ちる時のとどろきであった。その激しさは、自分が今欧州大陸の絶頂に立っているとの感を深くせずにはいられなかった。氷河地帯を後にし、バスが峠に辿り着いた時は、既に十一時を回っていた。ここで暫し休憩。外へ出ると寒気は一層厳しい。小雪も降り続いている。

「あらピレネー犬がいるわ」

人馴れした一頭の大きなピレネー犬が、雪の中を走り回っているのに妻は目を細めた。

「ピレネー犬は綺麗ね。セリッサにはあんな綺麗さはなかったけれど可愛かったわ」

彼女はセリッサの一周忌を思い起こしていた。

続　二十二

峠を越せば既にスペイン領。路は下る一方、車は快適に走り、やがて目的地ファビエル城に到着した。言わずもがなザビエル家の居城である。

　城は樹木に囲まれた小高い丘の上に建てられていた。構えは二階建て、その上に物見櫓であろう高い塔が屹立している。その上にザビエル家の家紋、赤と黒の縞模様の旗が人目を引く。昔さながらの跳ね橋を渡り、場内に入ると出会った司祭が先ず聖堂へ行けと言う。祈りが先ということであろう。それを済ませ場内の参観に移ったが、総ての造りが石また石である。日本の城のように、木と土で出来た温かみなど微塵もない。ここでも西洋の文化が石の文化であることを実感させられた。

一階で注目されるのは祈りの間である。六畳程の狭い部屋だが、珍しいことに、木製のキリスト像が立てられている。しかもキリストの面が柔和だと言われるのは何故であろう。

この家の末子として生まれたフランシスコは、母マリヤに育まれ、幼い頃からこの間で祈ったに相違ない。後に彼が思い立った東邦宣教も、この間で芽生えたのかもしれない。

二階へ上がる階段は、敵の襲来に備えたのであろう、屈折し、段差も不揃いである。二階にはそれぞれの居室と料理場があるが、中央に家族一同が集まったと思われる大広間が設けられている。壁際の暖炉を除けば、後は何もない。石づくめの部屋で厳しいこの地方の冬を越すには、さぞ苦労があったのではなかろうか。

「ここに珍しいものがありますよ」

妻がそう言って触らせてくれたのは、木製の大きな酒樽であった。高さは二メートルに近く、二人で抱えても手が届かない。

「鼠が飛び込んだら溺れるね」

私は冗談を飛ばしたが、葡萄酒がここの人々にとって、いかに重要な飲料であったかが容易に想像された。

窓際に近づいてみると、三十センチ四方の小窓が並んでいる。今は硝子が填められているが、常には開け放たれていたのであろう。敵が攻めて来た時、この窓から矢を放ち、石を投げ、煮え湯や煮え油を注いだと思われる。

敵からわが身を守るため全力を使ったであろうが、彼らの精神の中核は信仰にあったと思う。それを表わすに相応しいのは「ミカエルの間」と称する一室に、この城の守護の聖人聖ミカエルが悪魔を打ち倒している像が飾られていたことだ。

十九歳にして故郷を離れパリで学んだザビエルが、ロヨラとともにイエズス会を結成、後半生を東邦宣教に捧げた情熱は、索漠とした自然と石の城で育ったかと思うと、実際その土地に立ち、深い感慨を覚えずにいられなかった。

さてルルド滞在最後の日は、ベルナデッタに縁の土地バルビエス訪問であった。縁というのは、彼女は幼くしてバルビエスにいた縁者のディモンの里子にだされたからである。恐らく口減らしのためであろう。

私達を迎えてくれたバルビエスは静かな一村落である。そう言えばここへ来るまでの風景は、牧場と農園の広がるのどかなものであった。牧場には牛や羊が放牧され、畑ではトラクターを使い耕作する人が目立つ。

「フランスの農家は美しいわね。屋根は赤、壁は白と統一がとれていて。流石は美術の国だわ」

妻は感嘆の声を漏らした。

ルルドは、もはや寒村ではないのだ。

村の中央にある教会堂でミサを上げた後、一行は休憩のため、村の小さな料理店に入った。

「あらセリッサに似た犬がいるわ」

玄関を二、三歩進んだところで妻は思わぬものが眼に入った。

「行ってみよう」

私達は伏せている犬に近づき優しく頭を撫でた。犬はセリッサよりやや大きいが、私達の愛撫に大人しく身を任せていた。

「この犬の名は？」

妻が近くにいる人に尋ねた。

「シルビヤ」

女性の声が帰って来、

「シルビヤ。元気でな」

セリッサとシルビヤが一つに重なり、懐かしさがこみ上げて来た。

「参りましょう。皆さんがお待ちですよ」

妻に促され、私達はその場を離れた。犬は後を追って来なかった。

店を出た一行は、ベルナデッタが羊とともに過ごした小高い草地へ上がって行った。途中の路は昔さながらの悪路である。雨に洗われたのであろう、木の根が随所に露出している。上がってみれば、かなり広い草地には陽が輝き、小鳥が歌い、西洋たんぽぽが咲き揃い、寒々としたパンブローナとは一転した明るさだ。

草地の一隅にベルナデッタの石像と、往時を偲ばす羊小屋が建てられている。

ベルナデッタの伝記によれば、彼女の一日は羊の世話はもとより、畑仕事、家事の手伝いなどなど労働に明け暮れていた。村の学校にも通っていないから、正式なフランス語が話せなかったそうである。しかし信心は深く、よくロザリオの祈りを唱えていたと言われる。

草地を下りジャンヌの家を訪ねた。家の構えはかなり大きく、改築されたようだが、ベルナデッタの部屋は現存していた。極く狭いが寝台と机が置かれ、暖炉も具えられている。こうしてみると、彼女は実家よりも恵まれた生活をしていたのかもしれない。

だが十四歳の時、理由は解らないが、彼女は実家に戻っている。そしてあの歴史的な出来事が起こったのである。何故神が彼女のような平凡な村娘を選ばれたのか、それは理解出来ない。神の意志は人間の思考を越えているからだ。

ルルドの噂が広がるに及び、多くの人が集まり、中にはベルナデッタの着物のすそに触れてご利益を得ようとする不心得者もあった。彼女は修道院に身を寄せ、三十五年の生涯を閉じたのであった。

さて五日に亘るルルドの旅は終わろうとしている。再び私達を乗せたエールフランス機はあと数時間もすれば、また日本の土地を踏めるのだ。機は、シベリヤ上空を東へ向かっていた。機内は静寂に包まれ、隣席の妻は眠り込んでいる。充実した日々を共に過ごせたのは何よりも幸せであった。

二十三

さて、ルルドに赴いた頃、私達は住み慣れた細江町気賀の家から、老人ホームゆうゆうの里に移り住んでいた。言うまでもなく、ここを終《つい》の棲家と考えていたのであった。

ヨーロッパの旅を無事に終えた私は、体力が回復していることを実感していた。それにつれ、また盲導犬と白日の下を歩きたい、との希望が湧いてきたのだった。

「どうだろう、もう一回犬と暮らしては……」

私は妻に打ち明けた。

「ちょっと無理が出るんじゃあない。あと十年として、八十を越えますよ。犬の世話も大変だし……」

妻は至って消極的だった。

「十年持ち堪えて、犬と人と同時引退となればいいんだがね」

「そう上手く行くかしら。でも最後はパパが決めることだから思うようになさいよ」

彼女はあっさり自説をひっこめてしまった。

誕生月の十月、私は電話で塩屋さんに「もう一頭アイメイトを」と依頼した。

「ご本人の希望ならやりますよ。ただ今は育った犬はいないんです。もう暫く待ってください」

これで話は決まった。

待つこと久し。年を越し六月に入って間もなく、塩屋夫人から待望の連絡が入った。

「十八日から歩行訓練を始めます。午前十時半、開校式をいたしますから、それまでにお出でください。期間は三週間です」

その日午前十時に、私はアイメイト協会の玄関に立っていた。出迎えの塩屋さん夫妻、中野指導員と挨拶を交し、手にした杖を四つに折ってレインコートのポケットに仕舞った。この日からアイメイトと生きる、との決意の表われである。

歩行練習のクラスは男女二名ずつ、私の七十一歳を最高に、最も若い人が四十代と、中高年層でしめられていた。いずれも初対面だが、共通の目的のためか、すぐに解け合い、仲間意識が生まれてきた。

開校式は予定通り行なわれたが、最大の関心事は、どんな犬が与えられるかであった。プリムラ、ポムと紹介され、私の番がやって来た。

「ロイドです。一九九六年九月十日生まれの雄です。体重は三十キロです。名前を呼んでください」

「ロイド」

私はドアーの方に向かって声をかけた。

ロイドはゆっくり歩んで来ると、私の前に後足を折って座った。その頭に触れてみると、流石に三十キロ、かなり大きい。首から肩にかけてもがっしりしている。

「ロイド、これからお仲間だ。よろしくな」

私は何度も彼を撫でてやった。

翌日からいよいよ訓練開始である。AからEまでの五コースに挑戦し、七夕の日には銀座周遊にまで漕ぎつけた。その翌日、青梅街道に設けられた最終テストコースに臨んだ私達はそれにも及第し、無事卒業証書を貰ったのだった。

私達を出迎えた妻は、

「まあなんて綺麗な子なの。ハンサムボーイね。こんな綺麗な犬は滅多にいませんよ」

妻は一目でロイドの虜になってしまった。

その日から朝に夕に、私はロイドとの散歩を楽しんだ。彼は体が大きい割りに、歩く速度がゆっくりである。恐らく指導員の中野さんが、私の年齢を考慮して訓練してくれたのだと思う。

一時間程の散歩から帰ると、ロイドは思いっきり水を飲む。しかもその飲みっぷりが派手な音をたて豪快なのだ。

「ロイド、勇ましいわね。セリッサはあまり水を飲まなかったけれど、この子の飲みっぷりったらどうでしょう」

水をぽたぽた垂らしながらやって来るロイドに妻は笑いかけていた。

犬が一頭いるだけで家庭の雰囲気は違ってくる。話題も豊富になる。

「やっぱりロイドが来てよかったのかしら。あとはパパの頑張りね」

あまり気の進まなかった妻も、どうやら心が和らいでいるようだった。

夏山での生活は、ロイドにとって恵まれた日々であった。私達は勝手知った山道を歩き回ったが、彼は巧みにくぼ地を避け、歩き易い所を選んでくれる。その仕事振りは満点だった。

散歩から帰れば水をたっぷり飲み、テラスの日向で眠ることが多い。

この山には日本かもしかが棲息しているが、時折我家の庭にも現れる。人を恐れず、敵意も持たない彼らはゆっくり庭を横断して行く。

「ロイド、かもしかよ。起きてごらん」

妻に声をかけられ、のっそり起き上がったロイドは、じっと視線をかもしかの背に注ぐが、唸りもせず、吼えることもしない。

「あ奴は何者だ」と見送るだけである。かもしかが去ってしまえば、ま

ロイドと共に

た、ごろりと昼寝である。

「ロイドは大物ね。セリッサは一度吼えたけれど……」

妻はロイドの鷹揚さに満足していた。

夜は私達が寝室にしている屋根裏部屋で寝るのだが、妻は簡単に寝かせてくれない。手許に呼び寄せ、「お寝みなさい」と頭を撫で、挨拶をするのが慣わしであった。それが済むとロイドは大急ぎで急な階段を駆け上がり、平和な眠りに入るのであった。

ロイドが我家に来て三年目のことだった。

「沖縄の子達が、この夏は揃って山に来るそうよ。一緒に動けるのは今年が最後ですって」

妻が楽しそうに報告した。

「それは何よりだ。最初に来た時は、三男坊がまだおむつをしていたし、天気もよくなかったな。賑やかになるのはよいが、兵站部のそちらが大変だ。飯を炊く釜はどうかね」

「とても駄目ですよ。一升釜を買わなきゃあ。早速頼みましょう」

妻は準備万端怠りなかった。

八月に入ると山には秋が忍び寄る。近くにある光塩学園の山の家が、そろそろ閉じられるのも、この頃になってからだ。そうしたある日の昼頃、「これから山へ上がります」との報せが娘から入った。だが三時になっても四時になっても到着しない。

「随分おそいわね」妻の心配癖が頭をもたげた。

「なにその内に来るよ」

私の言葉を後目に、意味もないのに妻は外へ出て辺りを見回している。

五時近くになって、やっと一台のライトバンが前庭に滑り込んで来た。

「そうら着いた」

妻は急いで扉を開けに行った。

車からは子供達が一人一人飛び出して来る。

「いらっしゃい。恵里ちゃん大きくなったわね」

妻はただ一人の女の子に声をかけた。

「おばあちゃん、今日は」

三歳の時に会ったきりの彼女は、もう小学五年生という。末っ子のチビも小学二年生とか。ついこのあいだ出産の手伝いに行ったと思うのに、光陰矢の如しである。

「ここは涼しいなあ。冷房がしてあるの」

高校生の長男坊が真顔で尋ねた。

「とんでもない。自然の空気だよ。部屋の温度が二十三度位かな」

私は笑って答えた。

皆はテラスに出て辺りを眺めている。

一番後から入って来た娘に妻が話しかけた。「大分おそかったわね」

「買い物をしたり、レンタルの手続きが混んでいたのでね。でもこの山道は気をつけないといけないわ。勾配は急だし、カーブが多いから」

車社会の沖縄に住む彼女にとっても難所だったらしい。

その夜は、高原にある唯一のホテルで食卓を囲んだ。妻は三人の男の子には特別にステーキを頼み、下の子には子供用の料理を注文するなど、気を配っていた。

「明日は大久保さんがマレットゴルフに連れてってくれるわよ」

「マレットゴルフってどんなゴルフ？」長男坊がすかさず尋ねた。

「よく知らないの。やったことがないから……」

妻は適当に言葉をそらした。

翌朝、大久保さんの案内で全員菅平のゴルフ場に出掛けて行った。私は何時ものようにロイドとの散歩を済ませたが、昼近くなって一行が帰って来た。

「さあこれからおばあちゃんはご飯作りよ」

妻は休む暇なく台所に立って行った。米は既に一升釜で炊きあがっている。手早い彼女はチャーハンを作り、皆に振舞った。

「おばあちゃん、このチャーハン美味しいよ」

長男坊が、がつがつ食べながら鎌をかけた。

「はいはい。もう一皿作って上げますよ」

「僕も」「僕も」と弟達も遅れまじと注文をつけた。

「大丈夫よ。たくさんあるから……」

妻は自分が食べるどころか大童であった。

腹がくちくなれば、全員その辺りでごろごろしている。

「お蔭でお釜が空っぽになったわよ。買っておいてよかったわ」

妻は皆の食べっぷりのよさに満足していた。

夜は娘の手料理で、妻を中心にテーブルを囲んだ。手塩にかけたわが子が五人の子に恵まれ、今その子達が自分を取り囲んでいる。彼女の人生の中で、幸せな一時であったことだろう。

全員明日は引き揚げる予定だが、上田で買い物をしたいと言う。

「それじゃあ大久保さんに迎えに来てもらって私も行きましょう。お昼は丸屋のお蕎麦では物足りないから、中華の店へ行ったらいいわ」

妻は進んで案内を買って出た。

翌日十時頃迎えに来た大久保さんは、「昨日のマレットゴルフはお兄ちゃんの勝ちだったわ。小母ちゃんも負けてしまった」大きな口を開けてからから笑った。

「来年も来てやるからね」

長男坊は大いに乗り気だった。

別れの時がやってきた。

「皆元気でまたお出でよ」

私の一言にこもごも答え車に乗り込んだ。

「下りの道に気をつけなさいよ」

私は娘に一声かけた。

「ええ大丈夫」

彼女はそう言うと私の手をしっかり握った。

やがてライトバンはゆっくり走り出し、山道を上り、その音は次第に消えていった。

午後になって妻は帰って来たが、「ああ疲れた」とその場に座り込んでしまった。

「ご苦労様、大変だったな」

私は労わりの言葉をかけた。

「ええ。でもよい二日間だったわ。揃って会えるのは、これが最初で最後かもしれないわね」

「そうかもしれないな」

二人の思いは一つになっていた。

今日も山は天気晴朗である。「ロイド、一丁出掛けるか」そう呼び掛け、私は外出の支度をしていた。

二十四

話は一九五六年四月六日に遡る。その日私達は結婚の式を挙げたのだが、披露宴の最後に、日本における生理学の先覚者、永井潜伯父が、親類を代表し挨拶をされた。冒頭「私は今まで数多くの結婚式に参列したが、今日程感動的な式はありません。それというのは、失明という失意の底から立ち上がった青年洌が玲子の愛に支えられ、二人揃って新しい人生を歩み出す姿を目の当たりにするからであります」と言われた。

この身に余るお言葉は、今も私の耳の底に、しっかり焼き付けられている。あの日から五十年、世に言う金婚を迎えたのだが、伯父の言葉に応え得るような年月を重ねたのであろうか、来し方を省みずにはいられなかった。

彦根の盲学校を皮切りに三十二年間、私は同じ見えない生徒達の教育に専心出来たと思う。一方妻は育児と家庭の仕事に追われながら、英語教室を開くなど、充実した日々を送ってきた。二人の間には、常に助け合う精神が漲り、波風が立つことはなかった。

元々虚弱な体質であった妻は、婚約中結核性腹膜炎を患い、一時は婚約を解消しようかとまで思いつめたが、私はそれを受け入れなかった。二人協力すれば何とかなる、と考えていたからだ。結婚後四十代で腎臓結核に冒されたが、一年の静養で回復したことは、私の協力もさることながら正に天の恵みであった。

もちろん私達の結婚に対し、反対の意見がなかったわけではない。例えば「盲人は手とり足とり世話をしなければならない。妻になる者にとっては過重な負担になるのではないか」

「盲人との結婚は、同情から発した感傷ではないのか。時がたてば同情は薄れ、破綻が来ないか」などなどである。今日これらの主張が誤りであることは、誰の眼にも明瞭だ。

後に妻は語っている。

「眼が見える見えないは、価値判断の基準にはなりません。私は一人の男性を愛したから結婚したのです」と。

私達は結婚五十年を誇りをもって迎え、同時に恵み深き神の前に跪いたのであった。

「金婚を記念して、何か残るものを作ったらどうだろう。例えば文集を作り、表紙絵をそちらが描くのは……」

記念日も過ぎたある日、私は提案した。

「いいわね。だけど絵は下手ですよ。それでもよかったら描きましょう」

話は纏まり、その年、山の家で作業にかかった。

「書名は花の雨としたらどうだろうね」

「綺麗な題名ね。だけど意味があるの？」

妻は疑問をさしはさんだ。

「結婚式の日には桜が咲いていたけど、小雨が降っていたじゃあないか。それで俳句の季語花の雨を使ったんだよ」

「そうだったわね。何時までも思い出になるからいいでしょう。でもあの日は寒かったなあ。ウエディングドレス一枚で震えていたわ」

やがて妻の表紙絵も完成、私の随筆四篇を収録した「花の雨」が出来上がった。

その中に「人と音楽とレコードと」（懐かしのＳＰ時代）と題する一片がある。これはレコードを通し、少年時代から親しんだ音楽についての随想だが、当時はＣＤはおろかＬＰもない時代である。ＳＰと称する一分間七十八回転するレコードが使用されていた。回転が速いから、長時間の録音は出来ない。大曲となると枚数がかさむ。ベートーベンの第六交響曲が五枚、第九に至っては十二枚であった。重さも重い。破損する恐れもある。これを手巻きのプレイヤー（蓄音機）で鑑賞していたのだ。妻が荻窪の家を足繁く訪ねてくれた頃、私達はこの古めかしいレコードで、音楽を楽しんでいたのだ。

ある時妻から「お好きな音楽は？」と尋ねられ、躊躇なくバッハのチェロ組曲第三番のサラバンドを上げたことがあった。ゆっくりした舞曲だが、名手カザルスの豊麗な演奏は、彼女の心を引きつけたのであろうか、「いい曲ですわね。心に染みとおってきます。この曲がお好きなのはよく解るような気がします」と感想を述べてくれた。この一言は、私を彼女に一層引き付けるよすがとなったかもしれない。

結婚し彦根盲学校に赴任した当初は、レコードなどを聴く環境ではなかったが、三年目になって、当時売り出していたＬＰ一枚を買うことが出来た。「フルニエの名演」と題する十二インチ盤だが、これを買うに当たっては、妻の希望が強く反映している。彼女は結婚前、フルニエの実演を聴き、すっかり魅せられていたからだ。一枚二千円という高価なこのレコードは、私たちにとって珠玉の一枚だった。

彦根から浜松に移り住み、生活にも少しずつ余裕が出来たことからレコードにも手を延ばし、一枚、二枚と増えていった。レコードは二人の共通財産である。静まった夜、レコード鑑賞をするのが、私達の楽しみの一つになった。妻は自分からレコードを取り出すというより、私が針を下ろしたレコードを共に聴く受身の姿勢が強かった。

ただバッハの曲は時折所望し感動深く味わっていた。サラバンドに始まり、私達とバッハの交わりは何時までも消えなかったのだ。

妻が四十代になった頃のことだ。

「オルガンを弾きたいから買ってくださらない。ピアノではとてもみどりには敵わないから、私はオルガンを弾きたいの」

「それはいいことだ。パイプは無理だが、リードオルガンの最高の品を買ったらどう」

私は大いに賛成し、やがてストップがついたヤマハのリードオルガンが我家に届いた。

妻は小学生の頃、一年程ピアノを学んでいたので譜読みには問題はなかったが、同じ鍵盤楽器といっても、ピアノとオルガンでは機能が違う。彼女は独習書を求め、それに従いこつこつ練習を始めた。その結果一年も経ずして、賛美歌、バッハやヘンデルの小品、それにミサ曲にまで手が届くようになった。

「どうやら教会のお手伝いが出来るようになったわね」

そう言うと、月に二回程度は礼拝の伴奏を務めていた。当番の前日には充分練習をし、遺漏のないようにしていたが、これも完全を期そうとする彼女の性格であろう。結局オルガンの仕事は七十五歳まで休むことなく続いた。

「もうこれ以上は出来ません」

妻は誰が何と言おうと自説を曲げなかった。その後は自宅で好きな曲を弾く日々であった。

「私が死んだらオルガンは教会に寄付してください」と言いながら、毎日弾き続けていたが、病が篤くなってからは、遂にオルガンの蓋が開かなくなってしまった。

妻没後の一周忌には、彼女がよく弾いていた讃美歌「麗しの白百合」を娘が弾き、故人を忍んだが、「ママの顔には、しわ一つ、染み一つなく本当に美しかった」と述懐した時には、過ぎにし日を思い出し、涙せずにいられなかった。

二十五

金婚祝を過ぎ、間もなく私達は八十の大台に達した。

「八十になったら健康には気をつけなければいけませんよ。七十代とは全然違うから……」

そうよく先輩から聞かされたものだったが、その言には誤りがなかった。

私が八十一歳になった年の暮れ、風呂から上がった私の脚を見て、妻が驚きの声を上げた。

「その赤い色は普通ではありませんよ。皮膚科で診てもらわなきゃあいけないわ」

私は痛みも、痒みもなかったのだが、妻の言に従い、翌日聖隷病院の皮膚科に赴いた。

一見して医師は只事ではないと観察したのか、皮膚の一部を切り取り、血液とともに検査に回した。

翌年早々結果を聞きに赴いたところ、予期せぬ宣告を受けたのだった。

「菌状息肉症という難病です。浜松医大のH先生に手紙を書きますから、入院の支度をして、すぐに行ってください」

女性の医師が、事務的な口調で応じた。

次の日私達は浜松医大病院に赴き、H先生の診察を受けた。

「これは昨日今日出来たものではありません。三年位前、かさかさしたことがあったでしょう」

確かに三年前、脚の踵がかさつき、それが割れて歩行に悩んだことがあった。薬を塗って一応治癒したので、よしとしていたが適切な治療が出来ていなかったのだ。

「細かな検査をしてから治療法を考えましょう。とにかく入院してください」

四人部屋の一隅に落ち着いた私は、「これは厄介なことになった」と腹の中で思ったものの顔には出せない。

「私毎日来ますから……」

妻は励ますように言ったが、私はそれを押し留めた。

「毎日来たりしたら草臥《くたび》れるよ。一週間に一回でいいさ」

私は妻の健康をより案じた。

二週間に及ぶ検査の結果、皮膚リンパ腫（皮膚癌）ステージ二Bと判定された。

「インターフェロンを使いましょう。こいつがよく効くんです。ただし、あと一年だけは使える、という問題はありますが……」

先生はそう結論づけたが、私は一年は使えるということを、さほど重大に考えていなかった。

その日からインターフェロンの注射と、紫外線の全身照射が始まったが、当然副作用として熱も出る。結構辛い毎日だったが、皮膚の表面に現れた腫瘍は次第に減り、赤い色も肌色に変わっていった。その結果、一週間に一回通院するとの条件で、私は一月振りに退院したのであった。

週一回の通院に、妻は必ず付き添ってくれた。

「ご苦労様だね」

帰宅後軽く抱いて言うと、「いいのよ。一緒に行きたいから行っているんですから」

と優しく交していた。

一年が過ぎ、症状はめっきりよくなったが、三月のある日、「インターフェロンはこの一本が最後です」と知らされたのには驚いた。製薬会社が採算がとれないとの理由で、生産を停止したのだった。このことは一年前から予測されていたのだが、病院側には代替の用意は出来ていなかった。

「暫く紫外線の照射を増やしてやりましょう」

私達は週二回照射のため通院したが、インターフェロンを止めたことが災いしてか、六月頃から病状が悪化した。手や足に腫瘍が多発したのだった。しかもその腫瘍は裂けて糜爛状態になる。毎日薬を塗り、包帯の交換をするのが妻の仕事となってしまった。

一方代替の薬はなかなか現れない。やっとその年の暮れ近くなって、インターフェロン系の薬が候補にあがった。もちろん保険の対象ではない。しかしそれを言っていては日が暮れる。私は全額を支払い、この薬の適用を求めた。医師も賛同し、翌年一月からイムノマックスと称する新薬を使い始めたが、これを注射するには点滴で二時間かかる。週一回だが、妻はその間待っていなければならない。彼女は病院の八階にある「展望喫茶」に赴き、お茶を飲みながら英字新聞を読み、点滴終了が近くなると降りて来るのだった。

新しい薬による治療は効果を上げ、腫瘍は徐々に影を潜めていったが、七月に入って、妻が腰の圧迫骨折を起こしてしまった。

妻は日頃から花を愛し、三十ほどの鉢を三段の花壇に並べ丹精していた。その日台風並みの強い風が吹き始め、鉢が飛ぶ恐れがあるから下ろさなければ、と妻は心配した。

「大きいのはいけないよ。腰を痛めるから、職員に頼みなさい」

私はそう忠告した。だが妻は私の言葉に従わなかった。独りで全部の鉢を下ろし、風が収まってからまた元どおりにした。この作業がいけなかったのだ。翌日から腰の痛みを訴え、診断の結果圧迫骨折とされ安静を強いられた。私の忠言に従わないからだと少々腹に据えかねたが、大事に至らぬように、と願う思いが先んじていた。

一月位して安静は解け、室内の移動も可能となったが、その頃からであろうか、妻はよく品物を何処かに置き忘れるようになった。大事な住所録など、二回も紛失し、探し回っている。一回は私が空の段ボールの箱の中にあるのを見つけ、「ここに入れたか」と尋ねても覚えていない。その内にカメラがない、補聴器が見当たらないと探す有様だ。老化というのはこのようなことかと恐れを抱いたが、その内に金銭も扱われなくなるのではないかと案じられてならなかった。

だがもっと驚くことが起こった。

ある日妻が真顔で、「私の部屋のベッドに赤いセーターを着た親子が座っている。寝ることが出来ないわ」と言うではないか。

「そんなこと……」

私は彼女の部屋に足を運び確かめた。

「誰もいませんよ」

「じゃあ出て行ったのかしら」

「出る所なんかないさ」

「でも確かにいたのよ」

このような問答が繰り返され、その場は終わった。

ところが数日して、「パソコンの所に男がいてこちらを見ている」と言うではないか。これは認知症の幻覚症状と私は解した。

「精神科のA先生の所に行って診察を受けよう」

「嫌です。認知症と診断されたら私はここにいられません」

「何処へ行っても人の見る目は同じさ」

話は平行線で終わってしまった。

その年の秋、妻の妹二人が、一泊の予定で来訪したことがあった。夜の食事は外で済ませ、彼女達はゲストルームに引き下がった途端、妻が出し抜けに尋ねた。

「さっき一緒に食事をした人達は誰なの」

この問いには仰天した。

「誰って妹達じゃあないの」

「そう。長いこと会わなかったし、余り話しかけてこなかったから解らなかったわ」

彼女はその場を取り繕った。

翌朝妹たちが挨拶に来た時、「どなたですか。忘れるといけないからお名前を書いてください」とメモ用紙を差し出す有様だった。

忘れもしない十一月初旬のある日、四時頃になって毎朝するように紅茶を入れ、トーストを焼いている。

「私、これから病院へ行かなければならないの。ご飯を召し上がって……」

「何を言ってるの。今四時です。病院なんかやっていませんよ」

私は妻が出てゆこうとするのを遮った。しかし彼女は私の手を振り払い、さっさと出て行ってしまった。後を追うわけにもいかない。サービス課の職員に電話し、連れ戻すように頼んだ。間もなく妻は職員に伴われ帰って来た。

「やっぱりパパの勝ちだった。私の負けだわ」

妻はひどく淋しげだった。

この事件があって以来、施設側も放置出来ず、二十四時間体制の四階介護棟一室に妻を移転させた。別居生活が始まったのである。

終章

四階に移った妻は、毎日のように電話をかけてきた。

「パパも早く四階へ上がってください。ここはベッドが二つ入らないから、私は床に布団を敷いて寝ます。パパはベッド使えばいいのよ。そして昔のように楽しく暮らしましょう」

「楽しく暮らすのはいいけれど、床に布団を敷いたりしては駄目よ。それに僕が四階へ上がるのは一階の部屋を明け渡すことになる。家具などを今の部屋に入れるのは無理よ。二人用の部屋が空くのを待とう」

そう言って宥めるほかはなかった。

それでもお互いの絆を緩めぬため、私は四階で昼食をとり、夕食時まで、彼女の部屋で過ごした。

だがその年の春、妻は肺炎を起こし、入院しなければならなくなった。約三ヶ月の入院生活を終え、戻って来た妻は無事八十六歳の誕生日を迎えた。何時ものように誕生祝いをしたが、以前のように気勢が上がらない。

「私は生きても後一年かな。パパはきっと長生きするわよ」と不吉な予測をするほどだった。

次の年妻は友人から届いた賀状に返事を書きたいと言った。「試しに書いてごらん」とペンを渡したが筆が動かない。

「あらどうだったかしら……」

彼女は「河相」の「河」が解らないのだ。あの聡明な妻が、「河」の字一つ書けないとは……。

私は涙が出るほど悲しかった。

だがその春、妻は再び肺炎を引き起こした。今回は肺に水が溜まり、息苦しくなったのである。またまた入院を余儀なくされた。

時折職員に付き添われ、私は妻を見舞ったが、ある時「ここに寝る所を作ってもらうから泊まっていって」と妻はしきりに看護師を呼んでいる。病室内には泊まれないことは念頭から消え去り、一緒に夜を過ごしたい、との願望が頭を占めているのだった。

「病室内には泊まれないよ。また来るからね」と妻を納得させ、後ろ髪を引かれる思いでその場を去った。

六月になって待望の二人部屋が空き、私は一階から引き移った。妻が愛用したオルガンも、何時かは弾けるようになるかと思い、運び込んだ。

やがて妻も退院し、以前同様の生活が始まった。私は妻が満足している様子を何よりも喜んだ。その上彼女の心の安定が、病状の好転に繋がることを強く願った。

ある晩私は自分のベッドに座り、妻に背を向けていた。その時入って来た一人の職員に、「あそこにいるのは誰かしら」と妻が尋ねた。

「ご主人様ですよ」

その答えと同時に私は振り向いた。

「やっぱりパパだった」彼女は子供のように喜びの声を上げた。

その中には、常に私と共にありたいとの強い願いが籠っていた。私はこの短い一言を生涯決して忘れない。

妻の肉体は既に消え去ってしまった。彼女の魂が未だに漂泊しているか、それとも安んじているか、それは解らない。だが私は敢て呼びかける。

「妻よ。そなたの一途な思いは、私にとって最高の宝なのだ」と。

妻恋えば汝も来ませと青葉梟

後書き

「忘れ得ぬ人々」に収めた方々とは青少年時代から交わり、深く心を引きつけられた人ばかりだ。

一章さんには私が幼少の頃から可愛がって戴き、病を得た時、大変心を砕いてくださった。一角先生とは短い交わりであったが、先生はわが身を顧みず、厚い情けを注いでくださったのだ。鳥越の小父さんは、少年時代から私を温かく見守ってくださった方だ。

塩屋賢一さんとはチャンピイを介し強い友情が生まれ、その後五十年、心を割って話せる仲となった。

山本清一郎先生は、一本の枯れた葦のような存在だが、その中には、己を滅ぼし他を生かす精神が脈打っていた。それは生きる上での尊い教えだった。

「妻・繰り返せぬ旅」は、私と妻の五十九年間の生活を、妻中心に描いた作品である。先に『花みずきの道』と題する一書を公にしたが、これは彼女の青春時代を取り上げた作品だ。妻亡き今日、よい記念碑になったと思う。今新たに、結婚生活に入ってからの妻を描き切ることによって、この書が鎮魂の書となってくれれば幸いである。

二〇一七年四月

著　者

著者プロフィール

河相 洌（かわい きよし）

1927年カナダのバンクーバー市に生まれる。

1945年慶應義塾大学予科に入学するが、2年後失明のため中退。1952年同大学に復学。1956年文学部哲学科卒業。

滋賀県立彦根盲学校教諭を経て、1960年静岡県立浜松盲学校に奉職。

1988年同学校を退職、現在に至る。


著書に『ぼくは盲導犬チャンピイ』『盲導犬・40年の旅――チャンピイ、ローザ、セリッサ』『ほのかな灯火――或盲教師の生涯』『大きなチビ、ロイド――盲導犬になった子犬のものがたり』『花みずきの道』『回想のロイド』『想い出の糸』がある。

妻・繰り返せぬ旅 忘れ得ぬ人々

2017年12月15日　初版第1刷発行

著　者　河相 洌
発行者　瓜谷 綱延
発行所　株式会社文芸社
〒160-0022　東京都新宿区新宿1－10－1
電話　03-5369-3060（代表）
03-5369-2299（販売）

印刷所　株式会社フクイン

ISBN978-4-286-18933-8